图书在版编目（CIP）数据

一个人的喧嚣 / 张月寒著 . —厦门：鹭江出版社，2017.9
ISBN 978-7-5459-1352-1

Ⅰ. ①一…　Ⅱ. ①张…　Ⅲ. ①随笔–作品集–中国当代
Ⅳ. ① I276.1

中国版本图书馆 CIP 数据核字（2017）第 099965 号

YIGEREN DE XUANXIAO

一个人的喧嚣

张月寒　著

出版发行：海峡出版发行集团
鹭　江　出　版　社

地　　址：厦门市湖明路 22 号　　**邮政编码**：361004

印　　刷：北京市十月印刷有限公司

地　　址：北京市通州区马驹桥北门口民族工业园 9 号　　**邮政编码**：101102

开　　本：880mm × 1230mm　1/32

插　　页：2

印　　张：9.5

字　　数：198 千字

版　　次：2017 年 9 月第 1 版　2017 年 9 月第 1 次印刷

书　　号：ISBN 978-7-5459-1352-1

定　　价：38.00 元

目　录

且彷徨，且前行——旅行的心

冷眼看尘世，安静过人生——生活的思考

序

2015年7月18日，我开始为《三联生活周刊》的微信公众号上一个叫作“轻话题”的专栏撰稿。

这个专栏在我人生的那段时间里，是一个极大的救赎和出口。留学时交缠和扭股着的一些画面，总在夜深人静时如断裂的闪电般涌现。

时常想起曾经在离码头很近的一个房车基地内，见过一个一贫如洗却仍默默坚守文学理想的青年诗人，穿着浅蓝色破旧的牛仔裤，吃着从不远处超市垃圾场内捡来的晚餐，指甲因白天在建筑工地工作而沾满黑泥。那一刻，我突然充满感慨，原来做个文学青年在这世界上的任何角落都是一个不容易的理想。

也曾想起在布莱顿一条以工人阶级文化著称的街道上，有一家古怪气氛氤氲的独立书店。这家书店总是格外吸引我。面向街道的落地窗前有一张古老的橡木圆桌，这里会定期举办读书俱乐部的活动。有一次我看见桌边围坐一圈身份、打扮各异的人，正在讨论《龙文身的女孩》。

还会想起那条沿海公路，下雨天，同学的车在其上默默奔腾。在转弯处我看见悬崖下飞溅的海水，深蓝色的浪花末端又泛着雪白。

于是那段时间我唯一的任务，就是将这些画面、回忆、片段写下来，然后发表在微信公众号上。这些带着私人的、荫蔽的、轻微自弃的感觉，又潜藏着一种深层自我的语言，始终代表一种色调，一种属于个人的、难以言说又极具个性的色调。

出乎我意外的是，这个专栏获得了读者很大的欢迎。那时，我初尝十万加和海量留言的喜悦，内心甚觉欣慰、幸福，充满干劲。于是，这个每周一篇的栏目，开始成为我人生中一种重要的构成部分。它类似一把钥匙，开启了我私式写作的某扇大门。

专栏稳定后，我又去了更多的国家和地域，体会到了这世间更多不一样的色彩、不一样的人。在东京都内行走的落寞，深夜歌舞伎町路面被踢翻的小瓶子，那片村上春树深夜默默喝冰啤酒的日本海……每去一个地方，我都会产生一种更深层的落寞，而这种更深层的落寞，也更加激励了我的写作。

如今，两年多过去了，这个每周一期的专栏终于结集成书，也加进了几篇重新创作的作品。感谢编辑给了我一个第一眼看上去就颇有灵感的名字——《一个人的喧嚣》。

始终坚信文字在现实中所构筑的地理维度，始终坚信纸上构筑的世界可以和现实融合。

对于有留学愿望或正在留学的朋友，这是一本亲切的陪伴之书；对于人生中很多难以言说的孤独的朋友，这是一本共鸣之书；对于追求极致之美的朋友，这是一本同行之书；对于有一场说走就走的旅行梦想的朋友，这是一本指南。

另一轮太阳升起，另一种生命开启。我们的人生常有错过和悲哀，活在其间，就算不是越来越智慧，也应该越来越通透。

张月寒

2017 年出版前夕

听潮落，听风起——英伦生活

在这样的每一扇窗口前，我们掠过，却不经过自己的人生。

留学时我们的人生

人生的浮光掠影中，我们经过一轮又一轮青春。年华的皮不断蜕下，摆在面前的，只是更加赤裸的现实。

凌晨四点，我走进英国一家普通得不能再普通的炸鱼和薯条店，要了一份鱼和薯条。罗马尼亚裔男子准备的时候，我去冰箱拿了一瓶 Diet Coke（健怡低糖可口可乐）。

我的一个朋友对我说，Diet Coke 并不是真正“diet”，我们喝下去的那些非糖物质，到身体里后还是会转化成糖。

然而，我每次还是选 Diet Coke，只因为心里那层莫名的安慰。

深秋的英国夜中，已很寒冷，我却在这样一家鱼和薯条店，表情苍漠，不愿回“家”。

后来我的很多朋友都跟我描述了这种海外华人的落寞，一种“在外围”的感觉，面前始终有一层看不见的膜而无法逾越。

国内的人把没有成功移民看成一种失败，而那些成功留下来人的落寞诉说，也时常被认为是故意炫耀和无病呻吟。

人生，其实是一个“傲慢与偏见”的过程。一旦别人认为你傲慢，那么他们的偏见，就如此不可避免。这也是我目前为止那么喜欢《傲慢与偏见》的原因，因为它已远不止是一本小说，而是一种经典的心理学阐释。

此时，正在炸鱼的罗马尼亚小哥表情镇定，边炸边说他作为一个外国人在异乡的不适。

我的一个男生朋友跟我说，他英国朋友不多，但西班牙朋友却很多，因为他们都喜欢足球，并且似乎只有在英国的外国人，才能感到那种共同的外国人的落寞，一种表面上友好而始终不被“真正接受”的感觉。但是我忘了跟他说，其实欧盟的外国人还是跟别的国家的外国人不甚相同。欧盟，毕竟几乎并无区别。

炸薯条的罗马尼亚小哥说自己一个月能赚一千五百镑，比在本国好多了。我突然想起英国很多右翼报纸经常有“外国人抢走了我们的工作”之类的标题，而其中重点批判的外国人，就是罗马尼亚人。

在英国，罗马尼亚人真的很多，其次是土耳其人、匈牙利人，我还碰到了立陶宛人和拉脱维亚人。他们的护照都很好用——几乎和英国人并无区别，可以随意来英工作或生活，不存在什么“签证”问题。

我刚去英国的时候住在学校的一间单人寝室里。深蓝色的地毯，宽大的写字桌，最令我欣赏的是两面墙上钉满了软毡板，可以随意用图钉钉上自己的想法、照片，特别适合创意性创作。一本小说这么写，思路异常清晰。

盛夏的英国校园，一切都有种新鲜的有趣和兴奋。新的面孔、新的人生、新的开始。

半夜，在英国女歌手 Amy Winehouse（艾米·怀恩豪斯）的歌声中敲论文的我突然饿了。宿舍处于一望无际的英国荒野中。旁边就是火车站，出门就是公交车站，过一座桥则是大学校园，于是有着前不着村后不着店的那种荒漠。我只能想起楼下洗衣房有一个自动售卖机。

轻手轻脚地走下楼，发现自动售卖机果然在洗衣房深处闪着幽蓝的光。买了一种巧克力威化，小小的圆柱形，比一般威化更胜一筹的是威化饼里还夹有软糖浆。在寒冷的英国夜中，这枚小小的威化突然变得异常美味。

搬离寝室的最后一晚，我举办了一个派对，这才意识到举办派对也是一件蛮累人的事。居然有很多人来，刚开始是认识的，后来则是些陌生人。别的寝室的人看到我们在举办派对于是要求加入。好在每个人都多多少少带来了食物和酒。智利同学带来了智利的红、白葡萄酒，中国同学则各做了一盘中国菜。

一出国，几乎所有中国留学生都瞬间成长为“大厨”。这点实是因环境所迫——国外中餐大多又贵又难吃。但也有人最终发展为个人兴趣——曾经学校有一个女生在甜点界造诣颇深，毕业时做的布朗尼、杯子蛋糕、芝士蛋糕，已完全达到咖啡店水准。然而论文却没有过，不得不重新写。

于是我总结，国外最好吃的中餐不在唐人街，而在各大学寝室。

那次派对就在这种中西结合的饮食“盛宴”中相聚见欢。土耳其同学带来了著名的 Turkish Delight（注：一种土耳其软糖）——阿加莎·克里斯蒂小说里差点毒死一名政要的那种。

要说 Turkish Delight，真的是我目前为止吃过的最好吃的软糖。从土耳其本地带来的最佳，在英国的土耳其超市买的也凑合。又想起我的土耳其房东招待我的小杯土耳其咖啡或茶，放大量厚重的糖。于是我想，土耳其这个民族，或许是嗜甜的。

为外国同学泡“正山小种”，借花献佛用英语解释什么是“正山小种”。旁边的中国同学赞叹翻译精准，我瞬间有种小小的得意。

台湾同学很给面子地在旁附和。我总觉得和台湾同学讲话时，自己就像在上综艺节目，忍不住台湾腔。

校园后边有大片大片的绿色山坡，阳光很好的时候，背着画板去写生。忽视一切绘画规则，只固执地一层又一层堆着自己凭直觉选择的色彩。周日时拿着画到住所附近的二手市场上去卖，完全卖不掉，不过好歹换了一个美丽的陶盘。

学校后山有一家极隐蔽的“农场店”，卖附近农场出产的蔬菜、鸡蛋、牛肉、牛奶。我每次去都买一打鸡蛋带回来，煎蛋时果然觉得比外边超市买的好些。

有段时间里住在沿海半山上的房子里。夜晚常去山谷转角的小便利店买东西。便利店里该有的都有，牛奶、培根、下午茶甜点、巧克力、糖、各种酒。再晚一点，连这种小便利店都关门了。在英国如果晚间不出去泡吧，则又是一个下着雨的漆黑的夜。

买完东西回来，一路落寞。这种沿海的半山社区分外有趣。每一扇窗口，都折射出不一样的人生。或昏黄，或温暖，或中产阶级。在这样的每一扇窗口前我们掠过，却不经过自己的人生。

所有美好都被掐灭，所有幻想，都被终止。

住所附近有一个中国超市，我经常去买乌冬面、大中华辣酱、韩国方便面。超市的老板是个中国女人，非常喜欢跟我分享人生。她当时固执地在英国不惜生一个孩子，从而留了下来。她跟我说她的第一任丈夫非常有钱，家里住豪宅。自己现在正在进行网络相亲，对方是个消防员，超级帅。

然而我从房东太太那里听来的是一个完全不同的凄苦的版本，但我觉得这一切都没有什么。一个人想怎么形容自己的人生，是自己的事；而别人背后会怎么评价，也几乎是一件永远无法控制的事。

跟同学去码头附近吃泰国菜，好吃到哭。由于移民的关系，英国有些泰国菜很好吃，咖喱浓度极高。英国深秋的夜中，寒风瑟瑟。我们吃完饭在寒冷的码头边散步，穿着借来的外套。带有灯光的摩天轮寂静地旋转着，脚边传来千年不变的涛声。人生、理想、未来，都横在我们面前很远，我们却又那么快地想要得到它。

很多时候我们回望自己的人生，都希望它前进或后退，却真正忘了，享受当下、珍惜现时。

去本市唯一一家“KTV”唱歌。华人开的店。一走进去有种浓烈的“黑帮感”。身穿黑衣的文身华裔男子，静默凶狠地坐在吧台边；穿着短裙的华人少女——不够美的，坐在吧台边喝酒或站在一旁看人打桌球。那晚整个“KTV”空无一人，只有我们一伙人进入。我突然觉得似无来由闯入一家黑店，戏剧张力够强。

喝完了他们存的一瓶红葡萄酒，然后是简单粗暴的伏特加加橙汁。

酒酣耳热之际，去深夜的海边朝着海水呐喊。来自英吉利海峡的狂风，席卷着一群躁动的灵魂，深刻、妥帖、苍茫、希望。

在人生的浮光掠影中，我们经历一轮又一轮的青春。年华的皮不断蜕下，摆在面前的，只是一种更加赤裸的现实。

有一年下大雪，布莱顿整个城市的车辆都无法行驶。晚上我去探望一个友人，因为他家有维多利亚时代的壁炉。步行在湿滑的雪天街道上，似乎布莱顿的全城人都出动了，兴奋地在路上打雪仗、玩雪橇、堆雪人。我那个德国朋友说不明白为什么英国人这么蠢，难道没有听过“防滑轮胎”这种物品吗？一下雪就全城交通瘫痪。我却突然感觉在那晚那个没有车的城市，一切像回到中世纪般古老熨帖，在旧梦里做着新梦。

房东家的儿子每晚十二点左右才回来。他是玩乐队的。回来后去一楼厨房煎培根、鸡蛋，撒盐和胡椒。

半夜，培根和蛋的香味飘浮在这个寂静宽大的房子里，似乎温暖空虚灵魂的，只能是食物。而英国又有那种极好吃的非烟熏培根，薄薄一面煎在倒满葵花籽油的平底锅内，用木铲按压直至周边略肥部分泛起焦黄，再翻面煎。鸡蛋自然地煎在培根旁边，只一面就好。再撒上粗颗粒海盐和手磨黑胡椒。如果实在饿的话可以再烤两片面包，将黄油抹在刚烤好的面包上，一触即化。

房东的儿子是深度哥特迷，卧室里全是黑色。窗户也用黑漆喷上，天花板、墙壁上布满各种骷髅、颓废、黑色、压抑的海报。半夜听重金属摇滚，邻居投诉不断。

于是深夜他做完这样一盘子吃食，然后再端进自己的小房间。年轻的灵魂，却是极痛苦的。不知道为什么。然而我们每个人都是不理解每个人的。

有段时间我的一个英国室友很喜欢喝热巧克力。这种东西热量惊人，不过好在她游泳。寒冷晚间她在厨房烧开水，放入四勺热巧克力粉，倒入热水搅拌。搅拌均匀后在其上放入小粒棉花糖，然后再喷奶油。她心情好时会为我也弄一杯，然后我们一起在客厅看 *X-Factor*（注：一个英国著名真人秀节目）。房东的猫恰到好处地跑来我们腿边，被我们顺手抱在身上当保暖壶。

冬日的英国晚间，壁炉、热巧克力和胖猫，有时觉得这样的人生也蛮惬意。

房东太太跟我说这片社区极安全。她经常晚上在大坝那边看完戏，然后独自一人走回来，多年来没有任何危险发生。“有一次，我还看见了一只狐狸。这边经常可以看见狐狸。”她说。

中国称妖媚的女人为狐狸精。英语中对颇有心计的女人也称 Fox Lady。看来狐狸的“国际形象”，还是比较一致的。

当我们不远万里，来到一个陌生的国度，一切其实是在重新洗牌。拥有“第二次机会”的感觉很好，可有时终究是“到底意难平”。

这个国家的霓虹，很迷幻也很困惑。但我们每个人究竟选择怎样度过自己的人生，是一件富有哲理的事。无论意识形态曾教导人们眼下的生活是多么美好，但人还是应该对这个世界有自己的看法。

人生的每一阶段，都有每一阶段的不同的人，而我们最终拥有的，只有自己而已。

英国的雨

人生有时就像风干的蜻蜓翅膀，远看即是美丽，可随便任何触碰，都是一手碎片。

张爱玲说，小时候她母亲去国外，回来时说外边的事。她直觉上认为法兰西是多雨的，而英格兰似乎总是灿烂的晴天。她母亲纠正了她，说英格兰反而是一个多雨纷飞的地方。

有课的早上，在半睡熟的时候，床头窗外早已响起了滴滴答答的雨。这时整个斜坡屋顶下的三楼小卧室内是深紫的色调，闪烁着一种非常魔幻现实主义的梦幻。传统的木炭墙面，由一条走廊串起右手边四个房间。早晨七时定时启动的暖气铁片在不远处散发着蓬蓬热气。这时我就非常不想起来。然而，经过各番挣扎，终究还是得起床的。走过厚厚的羊绒地毯去浴室淋浴。

馨香沐浴露包裹着缓缓而下的浓热水汽。我们的生命，每一个奋斗的日子，都那么清晰可寻。

八点准时出门，走过一个长长的下坡去往公交车站。那时一路的天空呈现出一种将破未破的阴灰又夹杂着深蓝。空气异常清新，人们遛狗经过，不时友好地打着招呼。巴基斯坦人的小杂货铺开门了，走出头发蓬松的清晨买牛奶的英国人。到达坡底，穿过一个小公园——跑步的人、啄食的鸽子，一路走到公交站。

看公交站牌，显示车子还有五分钟才来。于是去身后的小咖啡铺买了一杯温暖的拿铁、一份三明治。

晃晃荡荡的车厢，驶向晃晃荡荡的学校。

……

校门口，遇见日后的好友米瑞安。她穿着防雨外套，没有打任何伞的，傲然走路于校园清晨。我说："为什么见你下雨总不打伞的？"

她说："It's just water."（那只是水而已）

一种不怕花妆的女权主义人生。然而我，却毕竟是始终不能够的。

上课的时候，外边雨继续下着。我们在课上探讨自己最喜欢哪个年代。然后再谈脸书，以及社交媒体对我们生活的抽离。两个小时很快就过去了。下了课，和上课的一伙人，去校园小酒吧一起吃午餐。

那是一处有壁炉的地方。汤姆微笑着喝一杯金汤力酒，我则来了一杯煮红酒。滴酒不沾的米瑞安来了一杯 Diet Coke。这时音乐开始异常吵闹起来，别的专业的学生大量拥入。炸得酥黄脆黄的英式粗薯条，被大家蘸了番茄酱或美乃滋吃着。所有人都无端开心起来。因为英国大学课程异常松散，大家下午多是没有课的。于是，一顿午餐吃到了下午三点。

后来我们去码头边游车河。下了雨的冬日大海，冷冷的，包裹着冬日连帽衫。布莱顿冬天的海总给我一种非常奇异的感觉。那么泛白雪青的一种映射。栏杆处，一个裹头巾的女人空洞地望向远方。

我看着手机相册，指尖滑过的都是自己的人生。而自己的人生，就这样过去了。

去码头边的超市买一周必需品。于那里的小茶室喝下午茶。英吉利海峡的烟愁在不远处雄浑怒吼着。我们喝着自己的伯爵或土耳其茶，吃下一口最甜腻不过的红丝绒蛋糕。

周四一整天，去布莱顿市当地一间报社进行每周一天的实际操作课程，就是自己制作版面、拟标题什么的。下雨的时候，撑着巨大黑伞越过苍茫的后山，走向山脚下那间微小的报社。

在英国，开始养成穿雨鞋的习惯，是气候原因，也是因为英国的风景，太适合步行。于是，就那么漫山遍野地走着，突然想起《呼啸山庄》里的凯瑟琳。其实《呼啸山庄》至今最打动我的一点，便是小说开头，“我”在当地住下以后，凯瑟琳的灵魂夜晚回来拍打窗棂的那一幕。

我们过去的灵魂、回忆，是始终不肯放过我们的。它们会在某个我们最想不到的时间节点，就这样回来，然后，再残忍地离我们而去。

小学时读《呼啸山庄》，那时还没去过英国，却在脑海中生出一幅画来。直至后来去了，也遇见那些个山坡、那些个雨、那些个老宅，再亲眼见识了“北风吹过山巅的威力”，才真真正正有种恍然大悟的感觉。于是我就想着，虽说人生至今很多东西都是我没得到的，但一想到平生其实也曾有过这样的幸福、开心，我就变得又能获得刹那安宁了。

在山脚下的报社，中产阶级的詹姆斯为我们教授着排版和拟标题的课程。这个典型的英国已婚男人，他平时最盼望的，也不过是周五晚间小酒馆的一场酒和周六球场上带着儿子踢球。我们在课上是谈笑风生的，那种谈笑风生于日后化为一种奢侈。北爱尔兰的同学总给人一种满腔的深愁感，言语间时常掠及一个在英国留学的北爱尔兰人的那种落寞和敏感。

其实作为一个在西方的东方人，我又何尝不是这样。我跟他说，一到西方，就仿佛身上要背负一整个中国的感觉。而周末去喜剧俱乐部每每是考验一个人英语好不好的重要标志。涉及亚洲或中国的笑话，哪些你应该无伤大雅地笑笑，哪些应该冰着脸表示被冒犯了，这其实是一件玄而又玄的事。

可是无论如何，在英国的日子，仍是一个难得的、让我感觉异常自由的阶段。有时下午四点半，坐在公交上，窗外的雨帘仍是永无止境。静默地望着，摩挲着自己的黑色长柄雨伞。那时滋生出一种浓得化不开的忧郁，同时又充满着浅浅的开心。

在曼彻斯特，有一次负气出走。也是大雨时走在崎岖的山坡上。我的人生是一直很难理解人性的虚伪的，可是偏发现这就是我们所处的现实。一次又一次地失望，于是渐渐地，内心生出一层苍漠的茧。

在咖啡馆认识的 Rebecca 读哲学。她是通过自己辛辛苦苦打工赚钱攒的学费，偏任性地选了这个虚无缥缈的专业。“不怕毕业后找不到工作吗？”我问。

“人生本就是一件虚无缥缈的勾当。”她说。

她是那种很酷的拥有刺青的人，又偏偏能把无袖背心穿得极纤弱好看。我们时常在咖啡馆共同落寞着。有时不发一言，有时又畅所欲言。

我当时觉得这真是一件再好玩不过的事情：我用母语都鲜少跟人有这样触及灵魂层面的交流，偏偏用着英语——当人性把所有浮名、功利、偏见都去了——反而这样清爽脆利地真诚起来。

后来，当我在伦敦金融区成功找到一份全职工作的时候，走在横跨泰晤士河那座桥的那一刻，我想，当我们试图努力做得比同等条件下的英国人更好的时候，却悲凉地发现，那是不可能的。有时，当我几乎能前进一步的时候，却发现有种不能触摸的无形无状的膜横在我前面，说不清，道不明，以至于很多人曾怀疑它的存在。

我们在很多个英国飘雨的深夜，其实诉说的都是一种人性的坚韧。我现在突然开始无比理解普鲁斯特写《追忆似水年华》时的那种迷恋。有些经历，确实是那么难以忘记。

有时在周五晚上的下班时分，忘了带伞。于是你在伦敦最繁华的骑士桥附近淋雨，苦苦用城市地图寻找那个和朋友相聚的小酒馆。那里有热闹的人性和对白。可是之后呢？结束之后呢？第二天呢？

谁拿到永居了谁又没有，这难道真的有那么重要吗？她在她伦敦二区的维多利亚式房子内为我烤着一只鹌鹑。

午后坐着高背式椅子，在庭院里看《呼啸山庄》。这时又无端下起雨来。于是赶忙躲进屋内，面向花园的厨房里，站着煮一壶咖啡。望着雨水拍打窗外的绿色植物，天空中一团一团的浅灰色的云。这个英式厨房的下午茶，一种新鲜纯粹的美好。

水在壶内沸腾的声音、窗外滴答的雨声以及屋内的古董广播传出的音乐声，伴有铜锅、锡滤器、银壶的闪光……忽然形成一种魔幻的氛围，射出璀璨的光芒和热气。

我们的生命，似乎总在向着自己认为正确的方向行走，做自己认为正确的事，坚信自己认为正确的选择。但是做完这一切也并不代表什么。我们还是容易在世俗的标准中落差，在自我羞耻和自我厌恶中，度日。

半山的健身房。于 BBC 6（英国广播公司第六频道）大声的音乐中挥汗如雨。那时未来对于我来说是一件极其美好、值得争取的事情。并且由于刚到一个国家，那种每天都不是重复的感觉，让我觉得上瘾。

我们将过去的自我，包裹在太多梦中。于黑夜中凝望这个城市，你有那么多无羁和难以被认可。在狭长人生中我们迎向仅有的希望。如此艰难的，但，也如此是我们应得的。

英国酒吧文化

世间人类所创造的万物，哪一项能比得上酒馆带给人们的无限幸福。

——塞缪尔·约翰逊

酒精对于英国人的意义，是异常巨大而深远的。这一点，相信每一个去过英国的人都深有体会。

留学时因为在网上看中了一个阁楼间，地中海蓝色装修风格，所以尽管这间屋子是在一间酒吧的楼上，我还是租下了它。

那是一间纯蓝色调装饰的房间。整个屋子内部的墙壁都是蓝色，屋顶上粘贴着屋主从地中海带来的各种海星、贝壳、鹅卵石、海螺，所以躺在床上，向上望去，即是“一整个海洋”。奶白色的贝壳风铃，悬挂在窗前，等着风来吹。一个黄色纸糊灯笼的落地灯立在低矮的床边。床很低，类似于日式的，脚下罗马尼亚风格的彩绘地毯恰到好处地衬托着米白色的床。整个房间的屋顶是斜的，顶上还开了一小扇天窗可以看星星。

我房间楼下的这间酒吧位于临海的坡地上，于是从我卧室的窗口探出身去，就可看见远处孤蓝色翻滚的大海。有时我会长时间望着那片寂静涌动的深蓝色，陷入一种介乎于悲观和乐观之间的沉思。

我的房间在沿街很矮的二楼，因此不免时常听见楼下路人的喧哗、醉酒人群的摔瓶声以及被抛弃的年轻女孩的哭声。对我这个异国的耳朵来说，一切都是那么新奇和充满兴趣。于是我在那里住了下来，尽管确实很吵。

近水楼台。有时我会在楼下酒吧小坐一会儿。那是一间具有乡村音乐格调的小酒吧，长发的美国歌手在其间自弹自唱，都是美国的各种乡村音乐。他每晚赚的钱不多，三五十镑吧，但最吸引他的是免费的酒精。有时停下来的间隙，他会跟我们说自己的人生故事。芝加哥人，本来有一份尚算优渥的朝九晚五的工作，但突然有一天他意识到自己的生命不能就这样在电脑屏幕和电子表格间度过，他依然想“看看世界、体味不同的生活、找到真正的自我”。于是他毅然辞职，开始去自己想去的任何国家，在任何地方生活一个月或一年，完全看心情。打着一份或几份零工，只要够活就行，然后尽情体验这个世界。“世界那么大。”他说，“我不能让自己的生活只满足于在电脑屏幕前过一生，在郊外买一个房子，按期付贷款，结婚生子。这样模板式的生活已经有很多人在过了。为什么要再多我一个呢？”

有一次我边听他唱歌边在一张桌子上吃芝士汉堡。邻桌一个来自伦敦的银行家男子开始跟我介绍歌手唱的每首歌属于哪个歌手的哪张专辑以及歌曲背后的内涵。我大学所在的城市是个海边度假小城，一到夏天，很多伦敦的白领上班族都喜欢来此避暑或周末小住。

英国酒吧似乎大都有着这样的功用：在这里你可以遇到不同的人，听到不同的故事，感受自己没有经历过的生活，体会东西方文化的异同。

住在酒吧阁楼的那段日子，让我想起鲁迅的《在酒楼上》。绍兴酒和英国啤酒也许在人类生命中大都拥有一样的意义：让平面的问题变得立体。

住在一间酒吧的楼上，确实可以瞥见太多“酒眼灯唇”和“醉生梦死”，但更多的是我会开始思索酒精对于人类的意义：人，为什么会对酒精、毒品乃至一切麻醉性质的东西充满迷恋？是因为很多人都有“生活在别处”的潜意识。现时现下的生活似乎总是不够好的，于是总会不自觉地向往“别处的生活”或“过去的生活”。在文学上，前者或可表现为昆德拉的《生活在别处》，后者约略是普鲁斯特的《追忆似水年华》。

在英国，比去酒吧更便宜的喝酒方式，是去社区附近卖酒的商店。这种商店一般下午五点左右才开门，那是大众比较接受的能喝酒放松的一个时间点。在西方，中午以前喝酒，仍被认为是一件比较过分的事。“还没到中午呢。”他们时常这样说。但是下午五点以后进行一些社交饮酒，则被认为是可以理解的。

英国大学生不像大多数中国留学生般家境殷实。英国大学生很多是不太富裕的，不少人靠学生贷款付学费和生活费。虽然有些廉价的学生酒吧，但有时去酒吧还是太贵。于是在家里举行派对，参与的人自己带酒，就成为英国大学生间一个很普遍的饮酒方式。周五晚间，我和英国同学艾米丽一起，坐上盘山的晚间公交。我们每人手上拎着一捆冰镇的 6 pack（六瓶啤酒连在一起的包装形式），前往一个同学家中的派对。英国公交，站与站之间很短。我们坐的那条线路也大都穿行在山坡地带的社区。周五晚间是英国喝酒的一个高峰期。一路上，可以看见各种拎着啤酒或捧着红葡萄酒、起泡酒、伏特加、威士忌的学生模样的人，穿着连帽衫或那种裤子拉得极低露出内裤（我一直不理解这种所谓“时尚”）的年轻男生，喜气洋洋地走上双层公交。每一次下车，他们都走向一个音乐轰鸣、充满欢声笑语的复式房屋。周五晚间，在这个本来宁静的山谷地带，因着这些充满音乐、酒精的学生房屋，产生了一种《了不起的盖茨比》里那种“倾倒一整个夏天的香槟”的派对气息。

有时晚上，我从伦敦看完音乐剧回来。在从火车站至住所的一路上，到处是喝醉的人群、踢空的酒瓶。但有一次我在火车站附近的一个酒吧，看见一个金黄头发的英国妇女，手中捧着一杯喝残了的香槟，在不知名的小酒馆露天翩翩起舞，附和着旁边完全陌生的男子。那时坐在公交车上往宿舍赶的我突然有一瞬间很想为她鼓掌，只单纯地因为那样一种旁若无人的放松和蒸腾、完全放开自己的感觉。享受人生本是没有任何错误和值得歌颂的。

英国人喜欢喝酒，或许还因为英国的气候所致。英国的冬季是极漫长、寒冷的，还伴随那终日不停的雨。我大学所在的海边小城从九月下旬、十月就开始微冷，然后开始进入漫长的冬季。英国冬天风极大，特别是在海边城市，下午四点左右就开始天黑，有时还会长时间飘雨。欧洲学生大都不喜欢打伞，他们说“It’s just water”。但中国人对此却仿佛不是很习惯。我认识的一个中国女生，因为一个男生有一把超好的伞而答应和他约会。“大而防风。”她说。

由此可知英国的雨和冬季是多么瘆人。

于是这时，冬日晚间的英国人只能追寻室内文化，去 Pub（英式小酒馆）饮酒。所以英国几乎每一个社区都会有一个自己的 Pub，有的 Pub 每周还会举行“宾果之夜”或“Open Mic 之夜”（开放麦克风之夜）。我去过一个比较文艺的刘易斯镇，也是以“文艺”著称的 Pub，参加了一个诗人团体的 Open Mic。刘易斯镇离英国女作家伍尔夫当时的乡间住宅很近，她经常从蒙克屋步行去刘易斯镇。在那个 Pub 里，充满理想的文学青年将自己原创的作品在台上朗读，人们在酒精和温热的人类呼吸里为那些作品鼓掌喝彩。朗读完后，你可以自由和这些诗人交流、聊天。我不得不说，有的人的作品确实是不错的，我很喜欢。但有些也和这世界上任何角落的文学青年一样，是无病呻吟、故作矫情。我的室友克莱尔也是一个诗人，在苏塞克斯大学读“创意写作”专业。虽然她平时得靠两份兼职工作来赚取生活费和学费，但她房间正中的墙上还是挂着一幅自己的作品。“毕业以后我或许会选择当老师，”克莱尔说，“但写诗将是我一辈子的梦想。”

我们住所附近有一个 Tiger Tiger 酒吧，是学生与嬉皮士群体混合的一个酒吧。那里离布莱顿著名的嬉皮士文化区域较近，并且由于酒价便宜——一杯鸡尾酒只需一点五镑，也是学生群体爱去的地方。“Tiger Tiger”取自威廉·布莱克那首著名的诗：“Tiger，tiger，burning bright. In the forests of the night，What immortal hand or eye.”这位英国诗人的中后期作品大都玄妙深沉，充满神秘色彩。他的很多作品以一种难以解释的深刻受到很多读者的喜爱，而这座海边的 Tiger Tiger 酒吧也有着这样一种神秘主义色彩。酒吧内放着一架老旧陈朽的三角钢琴，特别像恐怖片里半夜会无端响起的那种。酒吧内部充斥着愤怒的文青涂鸦，据说都出自常客之手。我们在里边徘徊逡巡了一段时间，一个满头小辫子的嬉皮士烟雾缭绕地走过来跟我们打招呼，目光涣散。

英国的乡间小酒吧也很有意思，更淳朴些。2013 年冬天，我去康沃尔郡的一个小村庄过圣诞。当地居民路易莎带我去了一间渔村小酒吧。

康沃尔郡是一个类似于英国天堂的地方，我的一个比较老派的英国房东向我推荐，说我来英国，可以什么地方都不去，但一定要去一次康沃尔郡。这个房东是地道的英国人，追寻 National Trust（国民信托）终身旅游的那种。但其实，我一早也知道是一定要去康沃尔郡的，单纯地为着《蝴蝶梦》(小说，又名《瑞贝卡》)。

康沃尔郡是《蝴蝶梦》的原型地，也是作者达夫妮·杜·穆里埃生活的地方。我初去康沃尔的感觉，一种清新的震撼，觉得自己来到了一个和伦敦、曼彻斯特、布莱顿、布莱克浦等城市完全不同的地方。英国的地域就是有这样的层次感，每去一个地方几乎都是一个完全不同的世界。《蝴蝶梦》是一部很典型的以英国捕鱼、海洋文化为背景的小说，已略见当时女性主义的雏形。作者达夫妮·杜·穆里埃就生活在康沃尔，也创作了很多以此为背景的其他小说。那天晚上，当我和路易莎走进充满海洋鱼腥气的小酒馆时，我感到了一种扑面而来的“英国渔村”气息。

低矮的酒馆挑高空间，一个大胡子船长喝着欧洲冬天常喝但圣诞尤盛的 Mulled Wine（加香料的热葡萄酒）——我最爱的充满肉桂气息的冬日饮品。他边喝边兴高采烈地诉说着当年的航海生涯。我和路易莎走进酒吧。不知为什么亚洲面孔总能吸引人群的注意，老船长立即问我从哪里来，我说中国。他热情好客地招待了我一杯 Mulled Wine。我和路易莎找了壁炉间的一个位置坐下。我开始打量这间酒吧。这间酒吧由于历史悠久——十九世纪开始就存在，所以挑高非常低，这是由于当时的人大多矮小的缘故。墙上挂满了很多老照片、航海时代的旧遗物等。酒吧里的人群也都比伦敦、曼彻斯特酒吧的人更豪放些。他们大都和大自然接触较多，骑马、耕田，饲养牛和羊。

这是一间和英国城市酒吧完全不同的乡间酒吧。

英国人饮酒，另一个让我比较惊异的特点是他们几乎不用垫肚子。有一次周五晚间，我和在伦敦上班的朋友以及她的几个同事相约见面。刚出地铁站，在寻找约定酒吧的路上，我就看见伦敦的各种上班族松开领带、卷起袖子，簇拥分布在 SOHO 区的各个酒吧门口（第一轮应该都是在上班地点附近解决）。去酒吧的人过多，所以很多酒吧已经没有座位。很多酒吧外围站着一圈又一圈高谈阔论、举着一品脱啤酒的人群。他们看上去是如此愉悦、欢欣、鼓舞，充满着一种放松的喜悦和社交的诚恳。走了几条街，我终于看到了我的朋友。她和她的同事们同样站在一个酒吧的门外，旁边是密密麻麻的拥挤人群。我走过去，加入他们。他们手中捧着各种或红或白或啤的酒，此外再没有任何别的吃食。几个人轮流分一小袋薯片，丝毫不觉空腹。于是我们在仲夏伦敦的街道上，边喝，边胡乱说话，不时有一个酒吧的保安人员，叫鲍勃的忠厚老人，过来提醒我们应该“站在线内”。我低头一看，赫然看见酒吧周围画着一圈极窄的白线，所有伦敦人都拥挤地站在这条白线内，欣喜自然地喝着手中的酒。他们丝毫没有嫌弃拥挤、无座位或自己正悬空拿着一杯酒。

所有人都在欢天喜地地大声聊天。“我们先去吃点东西垫点肚子吧。”朋友悄声用中文对我说，“他们一下班就开始喝，什么都没吃过……”

从此以后我不甚理解英国人的胃是怎么长的，难道他们的 DNA 已经进化成一种嗜酒综合体？

英国一份颇受年轻人欢迎的报纸《独立报》上，喝酒被称为“几小时的欢畅、反叛和无意识”，言语中透露着一股特别让别的民族咂舌的对于英式饮酒文化的自豪。

毕业的最后一天，夕阳西下，我来到山坡地带的一个位于悬崖制高点的一处酒吧。它的门口迎风飘荡摇晃着那种英式小酒馆特有的木招牌，就像阿加莎·克里斯蒂的《白马酒店》里的那种。残阳如血，酒馆背光，使得这家不知名的英式小酒馆凸显出一股坚忍残酷的寓意。钱钟书曾说：“出国，就像出麻疹或出痘子，总要出一回的。”在 2015 年的今天，出国早已不像他当年那样艰难罕见，然而，我们出国的意义究竟是什么？留学，真的已不应该只是满足于一些浮光掠影或过多厮混于唐人街的经历。在感受异国文化以及体味不同人生的同时，我们是否应该思索自我，以及找到人生中一些类似于“方向”的东西？

在彼时英国小酒馆的残阳如血中，我突然意识到即使在现在，我们大多中国留学生似乎仍未扭转徐志摩时代“挥一挥衣袖，不带走一片云彩”的结局，但是那又怎么样呢？我们的人生，仍旧还是掌握在自己手中。未来即使仍如张爱玲所说，“被穿堂的阴风诡异地顶起”，但它毕竟仍会在某一天，徐徐升起的吧？

曼城掠影

当我们把一切想得过于美好时。一切，其实本没有那么美好。

半阴的天空中汪着一轮太阳。我们的人生。以及我们的思考。

三万英尺的高空。我和两个去德国留学的留学生，一起静静地听Adele（英国女歌手阿黛尔），顺便谈论着一种叫作未来的东西。那时我们都是如此欢乐乐观。因为，抛却了中国三万英尺的过去，有着一整个“生活在别处”的美好幻想在等着我们。

后来，去到岛国。我的朋友去机场接我的车中，又恰巧放着*Chasing Pavements*（阿黛尔的歌曲）。然后，一路驶到他们位于曼彻斯特郊外和贝克汉姆一个区的花园小洋房。

我对于英国所有的最初印象，都来源于那个社区。以及之后一切关于这个国家的回忆，也都是那里——写《百年孤独》的马尔克斯所谓“冰块”的地方。后来，在曼城房子的壁炉边，偏偏放的又是那首*Set Fire To The Rain*（阿黛尔的歌曲）。

英国的人生，总是那种旷远辽阔的，给你以无限美好生活幻想的，只要你不试图真正融入它。

曼彻斯特的花园洋房时常给人一种身处远方的森林的感觉。早起出门跑步，在那种沿着森林的白色公路上，一边是森林，一边则是山谷。这才是真正的“有氧”吧，我心想。仿佛多年前的梦境实现的感觉。是匍匐、喘息、自然生成。

然后回二楼的浴室冲凉。去三楼客厅的靠窗位置吃一份早餐。窗外依然是森林，整个浓茵茵的绿色，透过一尘不染的透明窗子射进来。

我想，每天光是保持这样大面积的落地玻璃窗一尘不染，也是一件需要花费很大气力的事吧。

周五晚间，从乡间俱乐部里吃牛排回来。牛排煎得焦灼嫩喜。黑色车子行驶在平缓无际的郊外小路上。那种，不时出现 Private Drive（私家道路）的地方。有时在这个社区散步，你会时常见到那种一生都在想的 dream house（梦想型房屋）。那种红砖墙内衬着的白色二层小楼。起居室内向外的窗口——全屋最重要的窗口——被设计成了中国古典建筑中那种传统的月亮门。然而却被一格格正方形的白色条框隔了开来。最优雅的是正门的廊檐被设计成三角形，并在一边植有蓬勃生长的蔷薇。他们的每一面窗帘后，都诉说着一种你不可知的人生。

或是那种完全的维多利亚式红砖联排别墅。一楼的气窗里又不知射出多少青春。路旁的扭叶松或欧洲白蜡树会让你觉得曾经看的具有“庭院”的小说都成了真。路过黑色雕花铁门你只能看见远处的房屋露出简单的一个顶。门口的黑色信箱诉说着那家订报的传统。在蔚蓝色的天际，飞机潇洒地划过一道白线。那一刻，你觉得，自己离天很近。

最肃整的有时是最让人耽于美貌的。而更多的，是我们在盛夏的山毛榉树下做的一场梦。

有时雨来了。大把大把阴色的云，以及翻滚的怒潮般的天气，坠在碧绿的青草地上。在英国，你会时常感觉大自然的配色盘怎么这么好，远超过曾经画廊中心动的一幅油画。

有一次我忘了带伞。在淋雨的痛彻中找到了那种类似于青春期才有的贲张快感。那样天真、简单、幼稚、无羁。真的不需要考虑很多东西。那种“生活在远方”才能寻找到的澄澈以及朗阔。

有时你坐在家中。窗外一轮斜阳下去了。而起居室内静静放着一丛白天采摘的野花。钢琴声响起了。水晶吊灯点亮。客厅外部响起晚饭时的敲锣声。一切，就这么决定了。

想想，这么多年过去了，我们还在犹豫。以及，一种愤恨生活中之不可能。

早晨起来。煎蛋，一种圆形的最易掌握的美味。以及一杯手冲咖啡。或用那种 Soya Milk（豆奶）泡带有干果的麦片。就是极其简单的一餐。

闲时去市区。曼彻斯特有一间我很喜欢的图书馆叫作 John Rylands Library，只因它给我一种强烈的中世纪凝重感。仿佛走进去，它就会让一个最不想读书的人，产生一种坐下来读一下午书的欲望。一扇凸肚窗。菱形格子的铁丝绕出窗外的光线，采光精确到正好洒在直面窗户的书桌上。桌上一块斜的木板，是因便于曾经的羽毛笔书写。顶上是一架铜质吊灯，射出晕黄厚重的光。

作为一个写作的人，你是穷困的。作为一个总向往更好生活的人，你是疲累的。于是，一切渐渐凸显出一种叫作现实的意味。

曼彻斯特的市中心有时也会让人感到那种英国街头的暴力涌动的文化，充满涂鸦、刺青以及乞讨者。我曾在一家印度人开的炸鸡店和一帮浑身油漆斑点的建筑工一起吃炸鸡。深深体会不同文化、不同民族的新鲜感和张力。

一个个转角，你见到一个又一个不同的斜坡。我出生在平原城市，这也是我至今对于斜坡小镇所不可抑制的迷恋的一个重要原因。那么有层次感，那么的充满惊喜和一种市井的热闹。

曼彻斯特虽然也是英国一座比较大的城市，但它真的跟伦敦如此不同。

有时你会看见教堂那种静默的尖顶。于是一切又显示出一种很落寞的感觉。我们仍记得那种初到一个国家时表达欲被阉割的愤怒以及困顿，但是那一切毕竟是可以被一种不服输的性格所拯救的。而人生中真正可怕的，是你所不可知的艰深复杂的人性。

曾几何时，在曼彻斯特一处不知名的高大古城墙下。她看见了他们在一起时的影子，那样落寞绝望地倒映在英国古老城墙的底端。两个无名的影子，彼时曾如此熟悉。但以前和未来，又是一件如此不可知的事。他们从来没有相知，从来没有相守。就像任何一段庸俗的关系，一切可以很快结束，一切也可以很快开始。

生活中不是只有爱情这种东西的。爱情，也不是拯救我们庸常生活的唯一。所拥有的都是不切实际。所在乎的，也都是恒久无涯荒野。

周日坐在窗前看收垃圾的车静静走过。所有人的人生，都是下一个无聊。

郁达夫在《沉沦》中说，“世人与他的中间存在的那一道屏障，愈筑愈高了”。虽然我是一直很不喜欢郁达夫的，觉得他不尊重女性又自恋得没有道理，但是中国二三十年代知识分子那种狷介或愤懑，我有时却能共鸣。《沉沦》里的那个主人公，初读时觉得很疯，如今再读，却觉得没有那么难懂了。一切仿佛就是那个样子。

突然想起有一天晚上在山谷中坐夜间公交的情景。漫山遍野都是那种苍茫的夜色，深蓝色的夜景。我坐在一辆公交上，望着车窗外朦朦胧胧的景色，那在深蓝的夜色中透出的星星点点黄色的属于万家灯火的灯光。那情那景是多么美丽。而所有景色又都是在回忆中最美。但是人生，总是这样充满哀愁。曾经某年夏天我们喝过的酒，如今，都变成一股不可拯救的回忆。我们觉得回忆忧伤是因为过去永不可复制。未来，却仍旧无羁。

在百货公司买一大堆东西。然后坐在街边一家咖啡馆的露天阳伞下喝一杯拿铁。英国夏天的太阳，很美好很短暂，宛如人类的青春。你刚会享受，它就没了。

我们的宿舍生活

素细半夜才回来。蹑手蹑脚地旋开寝室门。等待她的，是一室的黑暗，和兴尽晚回舟的乐趣。

我为什么总说留学时的宿舍生活是极难得的。是因为那几乎是你们最后一次抓住青春的尾巴。

最后一次任性的机会。

就像三毛所说，当我们长大，一切其实都会有，口红、丝袜、高跟鞋。但那些其实只是一瞬间的事，如此一瞬间。剩下的则是经年累月的疲累。

素细半夜才回来。蹑手蹑脚地旋开寝室门。等待她的，是一室的黑暗，和兴尽晚回舟的乐趣。

我们的青春，年轻时总是无限挥霍。稍年长些，则是无限惆怅。

安静的蓝色地毯。每人一间的独立寝室。既私密又有公共活动空间。

我至今仍记得搬离学校寝室前举办的最后一场派对。那里，不同国家、种族、文化的留学生，欢聚一堂。那时我才发现，原来大家都很寂寞。原来大家都很需要派对以及酒精。在异国。

台湾同学悄悄跟我抱怨一个金发同学带了太多人一起来又没有带酒，说酒不够喝了。这时智利同学从天而降，将自己从智利带来的几瓶私藏红酒贡献了出来。色泽饱满。闻上去非常厚重，喝入口中又异常轻盈。他说那款酒的葡萄藤是老藤，所以有一种特别的味道。

夜半。红绵悄悄敲响我寝室的门。带来一瓶威士忌和一桶冰块。我们去公共休息室。英国夜半的月亮，很沉。我们在熄了灯的室内，默默诉说彼此的人生，被辜负的人性，未来，家人的期望，以及负担。我是很喜欢她的，觉得她是女生群中那种为数不多的很“酷”的女生，从不嫉妒，也不弄那些小眉小眼的事。我们一致讨厌的是一种老鼠般的女生，最会赔小心，最会巴结人。看不上那种丫鬟样。

在班上和一个土耳其女生争执，于是从此后对土耳其感觉一般般。当时的自己当然是幼稚任性的，但是也并不后悔。我从不因表达了自己内心的真实想法而后悔。如果人生一味忍让或憋屈，则创造出来的所谓光明未来，也是阉割了某些真实自我的代价。我所不屑的。

砖红色的烟囱在天空下诉说出一种不可知的梦。而你们的梦，又是否“在旧梦里做着新梦”。

学校宿舍离火车站很近，仅隔一扇门。于是伦敦对于我们来说也就是一小时之外的地方。周五，和韩国女生一起去伦敦看一场音乐剧。赶最后一班火车回来。又迎着一场雨，分明又是一场好戏。夜雨归来，有说不出的契阔的感觉。

坐在寝室前的小山坡上，望着英国远方下沉的夜色，觉得我们的人生，分明能征服一切。

晴天时，所有人都在学校向阳的山坡上平躺。睡午觉或喝啤酒。笑闹、吵嚷、谈恋爱。闭着眼睛感受英国稀少的阳光照射。空气中啤酒的香味飘浮。那种轻佻又纯真的样子。

后来搬离寝室的好处是可以半夜四点才回去，或半夜四点叫外卖。那种狂欢。有时是一个人的热闹，有时是一群人的寂寞。半夜时去天台看星星。老外是经常举行那种天台派对的。吸别人递过来的雪茄。从此学会了调鸡尾酒这项实用技能。远处，传来苏塞克斯山谷绽放的无名烟火。所有人都聚集在露台上看烟火。真诚，纯真，又转瞬即逝。

突然想起《欧也妮·葛朗台》里那种清晨露水的感觉。

遇见了一个颇有意思的华人男生。叫 Mike。此人一度在华人同学圈中颇有名气，因为其耿直的脾气和独树一帜的行为。记得开学第二天，我们一起参加学校组织的“超市之旅”去当地一间离学校最近的最大的超市认门。下车后，该男生突然对我说，我是说突然地，完全不知他从哪就冒了出来，他对我说：“这间 Sainsbury’s（英国著名连锁超市）并不是最好的。我查了，市中心有家 Waitrose（英国著名连锁超市），据说皇室成员都去那里购物。我刚买了辆车。下次要去超市可以打电话给我，一起去。”

后来，有一次下课，大家闲聊。另一个同学跟我说，你们宿舍楼里是不是住了这样一个男生，Mike？他特别逗。

我说，怎么了？

他们说，有一次，看见 Mike 在我们宿舍楼下的寒风里苦苦等待，站了许久，于是路过的华人同学问：“你在等什么？”

他说：“我刚订了一个冰箱，正在等人送货。”

问的同学很好奇，说：“每个寝室的公共空间里都有一个大冰箱啊，你干吗要自己买？”

他说："不行。每次我把我自己东西放在公共冰箱，发现都有人在偷我的东西，鸡蛋、奶酪、牛奶……每次都在不经意间变少。我一定要买个冰箱放在自己房间。这样就再也没人偷我东西了。"

这件事我们当时笑了很长时间，觉得这个男生也真可爱，如此坚持自我原则的人如今很少见了。很多人当时对他的行为表示不解。我却觉得一个人的任何行为，只要没伤害到别人，都是他的自由，别人也无权评价什么。

后来，很多留学生都开始不同程度上的抑郁。素细有一次和我坐在二层公交的第一排，车窗外英国郊外惊人的美景一站又一站掠过时向我倾诉。几乎要退学了。她说。所以我一直邀请她一起去喝一杯。她又严格遵守祖训滴酒不沾。

然而，清醒的世界往往是很让人痛苦的。我有时想起李清照最后的日子，虽觉清苦，但她好歹也有"三杯两盏淡酒"。

周末时我是异常喜欢去逛那种古董摊的。在红木匣子里翻那种英国老照片，黑白的，记录着一个家庭的历史及陨落。当时的英国。五十年代的黑色大衣。还未成形的布莱顿海滩。买那种 vintage（复古风格的）衣服，他们说充满着死人的气息，可是我却觉得和当下的英国是如此贴合。

万圣节，红绵说要去参加那种化装舞会，非要拉我一起去。清晨，睫毛膏糊了，眼影也晕了。坐公交回宿舍，看见一间鱼和薯条店后立即按铃跳下。清晨五点的英国，我们相对无言，一边吃着一盘鱼和薯条，一边在薄纱裙子下冻得瑟瑟发抖。

太阳依稀在清晨的光雾中升起，那么金光璀璨。我们走到对面公园的长椅处坐下，欣赏这无与伦比的美景。心里深知，这样的自由和澄澈，我们日后的人生，将很少经历到了。

夜雨的风中我们浅浅地呼吸。而人生，却几乎已经随风潜入夜了。

《白衣女人》

多年后你们都会向往一种缥缈无羁。你鄙视别人的世俗。别人又何尝不是不懂你的缥缈。

《白衣女人》（*The Woman In White*）是一部著名的英国小说，号称哥特文学鼻祖，这部小说也启发了爱伦・坡。私认为它是一部很有画面感的小说，至少对我来说是这样。然而更深切的一点是这世间上最可怜的女人，便是疯子女人，疯到极致，疯到至纯。然而这世界已无从发泄。

前段时间看《盲探》也是这种感觉。唯有血流成河，收拾残骸。

《白衣女人》对英国文化影响如此之深以至于后来又有一部电影《黑衣女人》(*The Woman In Black*)，是当年力推的一部鬼片，以“纯正英式”为卖点。整部影片唯一的优点便是那座位于沼泽深处的黑色老宅。可是论恐怖感，却并没有如《白衣女人》这样呈现出一股繁复的悬疑魅力。

出国前看《邪恶力量》第一季第一集，它的标题恰巧就是“白衣女人”。那时觉得一个鬼怪故事都讲得这么有文学内涵，让我不由对这部美剧刮目相看，从而一直追了下去。

从此白衣女人这个意象就一直存在我脑海中，很深很深。

后来在英国上学。学校附近有着一片小树林，有时放学，如果穿平底鞋，我会选择走回家。每次都会路过那片小树林。风沙沙，冬天枯枝，夏天绿叶，人迹罕至中透出一股神秘。

后来摄影课要交作业，我就做了一份 PPT 说自己的项目就是“白衣女人”。去市中心卖 vintage 衣服的商店，找那种十九世纪的晨衣，寻一个白人金发美丽女子，穿着它在小树林里晃荡然后拍照。

在英国很多个脆弱的雨季，我都以为我在街上见到了“达洛卫夫人”。人被困在自己的人生中才是一件最悲惨的事，即我所认为的“现实悲剧”。可是在威斯敏斯特区教堂的尖顶中，又会觉得任何一场在伦敦的散步，都能拯救这种生活的无力感。“生命的核心一片空虚，宛如空荡荡的小阁楼。”她在小说中这样说。后来有一次我在布莱顿下雨的街上等红灯，发现对面站的一个红衣中年女子分明就有这样的气质。

张爱玲在《童言无忌》中说，现代人对于生活的体验往往都是第二轮的：先看到海的图画，后见到海；先读过爱情小说，后知道爱。文学青年对于现实的悲哀尤其如此。有段时间坐着布莱顿双层公交驶过那个城市极具童话景观的一片社区。金色梧桐、浅黄色落叶，一排排维多利亚时代的红砖建筑，每个六角形凸肚窗的起居室都述说着一个家庭艰深而复杂的故事。有一家临街二楼阳台伸出来的咖啡厅我一直垂涎了好久……那时我会觉得生活分明就可以这么美。

有一次在伦敦金融城等 DLR（陆上轻轨），一个穿着五十年代红大衣的英国妇女鬼戚戚地凑上来对我说："Gay（男同性恋）。他们是 gay。"说完指着旁边穿 V 形领的一对男子。我未接话。她又接着说："不理解这个时代，如今时代都变了，不喜欢这个时代。我们大好英格兰被这么多不同种族、文化的人改变了。"

伦敦的斜雨中，DLR 犹如江苏夜航船一般在深夜中驶来。我看着车厢里人们惫懒的神色，觉得所有大城市都很相似。

曾经比较郁闷的阶段会在乡下阅读伍尔夫的日记。那是住在苏塞克斯郊外的时候，读着她同样住在苏塞克斯的那些日子。读她是怎样从自己的乡间小屋步行去刘易斯镇，怎样买一磅白糖，怎样挑剔牛奶的质量以及鳟鱼的大小，怎样在周末市集上讨价还价……其实某种程度上她是幸福的，彼时她已经是一个拥有"自己的房间"的女人。

对那些在乡间的寂寞文字，当时同处郊外一所僻静房子的我，有着深入肌理的体会。后来英国展出最新伍尔夫日记手稿的时候我也去看了。看着那个陌生异国女人曾经的笔迹，心灵的震颤类似于想哭。

易卜生也曾说，这世界上最坚强的人是最孤立的人。我们所艳羡的所有，都是一种将来我们期望达到的生活。梦想之美妙在于它永远不会实现，可是你却可以在这世间寻找一种无限相似。前途未明，晨光熹微，一夜的深度阅读后，你面对的是一个更加赤裸的灵魂。

三毛曾经在作品中叙述了那种雨夜读书的乐趣，其实只有短短一句话，但是她的感受，确实是所有文学青年所共鸣的。

在学校图书馆看过一本黑白摄影集。是一个英国摄影家找寻那些经典文学作品的发生地，并去拍摄它们。我看到一幅他去《呼啸山庄》原型地拍摄的山坡上的草原的图片。我当时望着那幅放大的黑白摄影作品，在图书馆里怔怔了许久。人这一生，如果能始终不带功利地做自己想做的任何一件事，该是一种多么美好的人生状态。然而那种状态，于现实生活中却是那么不可得。

《呼啸山庄》最让我感动的还是希刺克厉夫和凯瑟琳的爱情故事。在那个老是刮风的英国荒野，有时我们人生中最大的障碍，是自己。

每个临海城市都有码头。每次我去布莱顿码头边的时候都会产生一种强烈的烟愁感，想起自己曾经在被窝里看《大白鲸》或海明威的日子。有时人与大海间的联系真的是一种非常奇特的心灵感应。我们为什么就是对充满未知的海洋有极度好奇和感慨呢？为什么无论多么糟糕或纷繁的心绪，只要面对海水，就一下开阔、沉静下来？人生，命运，以及雷同。所有模仿都是拙劣。所有剽窃都是可耻。

多少个晚间，文学是陪我们度过黑暗的唯一光亮，沉浮人生的唯一救赎。每次看卡夫卡的《城堡》时获得的那种欣慰。萨特的《恶心》我觉得已经到达一种小众，还有《麦田里的守望者》。这两本书我都不能说是真正喜欢，却是时常能想起的。

在湖区读华兹华斯和柯勒律治。很长一段时间我是那种无法喜欢诗的人。可是在那年夏天，湖区一个不知名公园的橡树下，我却觉得那时是只能读华兹华斯的，没有其他。

人生。所有事情也无非都是争一口气。悲愤出诗人。没有变成诗人的或许活得没那么艰难。

我有次在英国的火车上听人谈《尤利西斯》，遂觉得自己以前看的中译本真的都是皮毛。乔伊斯的魅力果然是要看原文才能体会到的。然而我更年少时总觉得它复杂晦涩难懂。

橘生淮北为枳，人离乡贱。然而，现在，人在乡也不是那么不贱的。

午夜伦敦的街道。赶最后一班地铁回家。朋友说：“能赶上最后一班地铁的，都是好宝宝。”我还没有像严歌苓当年那样在美国有彻夜坐地铁醒来在一片不可知地域的经历。DLR 画过一圈完美的地上弧度。古老的泰晤士河在远方匍匐喘息。人们仍那么纠结不甘于自己的未来。我们对于文学的热爱，从多年前那堂懵懂的语文课开始。随后，谁认真谁就输了。

当我们悲伤的时候。很多人饮酒，更多人无聊，也有一些人，会在文字的麻醉中阿 Q 似的鄙视一切。可是文学也是最终能让你感到温暖的一种东西，对于这些人来说，它是特殊的，甚至是一种信仰。

有很多人说，中国年青一代是没有信仰的一代。我却一直觉得，文学，就是一种信仰。

沉重晚间。我的学英国文学的朋友正在艰难地进行她的 PHD（博士学位）。我想等到她三年后毕业出来，这世界，究竟能不能容下她。

旅馆情结以及“在路上”

住过的那些旅舍，以及以它们为地标构建出的我们生命的轨迹。

人们有多么陶醉于住一间旅馆的“崭新的开始”，就有多么喜欢“在路上”的感觉。据建筑学理论来说，人对空间的依赖主要体现在视觉空间、触觉空间、运动空间和心理感受。这种审美方面的需求解释了我们有时对于某一旅馆产生的直觉性喜爱和住久后滋生的依赖。这也是人们为什么始终觉得自己应该拥有一间自己的房间的原因。

如今让我比较难忘的一间旅馆是当时在爱丁堡的一间可以望见古堡的青年旅社（hostel）。那是我第一次去苏格兰，当时据点在曼彻斯特。某个周日任性地拎一个纸袋，就从曼城中产阶级的郊外社区，去往市中心的火车站。买了一张单程票，开始了四小时的阔大车窗掠过浓荫绿色的英国荒野的旅程。在利兹的时候上来一个北爱尔兰作家，男子，坐在我对面。忧郁阴沉的双眼，一脸乔伊斯风格的络腮胡子杂草丛生。总觉得在英国遇到的北爱尔兰人似乎都是有着某种天生的敏感和自身的沉重的，或许是因为这个民族本身就背负了太多。然后他开始说话。北爱尔兰口音也是很难懂的。他说他正在写一部小说，坐在英国各个地方的咖啡馆。开始说人生，开始说片段，开始说对人性是怎样一种失望以及在这世间是怎样一种痛苦。讲到暮色西沉。火车服务人员开始推着小车过来卖东西了。清贫的北爱尔兰作家请我喝了一杯咖啡以及吃了一种盐醋味道的薯片。遥远的去苏格兰的旅程。作家以一种并不令人讨厌的搭讪方式说着自己的故事。我不知不觉听入迷了。心想这一切多么好，这一切远离世俗是多么好。

然后我就在爱丁堡下车。瞬间走入一座感觉所有人都很高的城市。是确实到英国北方了，我想。身高都随着海拔而增长。一处人们自称是苏格兰人而永不愿称是英国人的地方。我拎着小纸袋来到游客中心。问服务人员有没有旅馆可以介绍，以及在爱丁堡应该怎样玩。

英国比较好的地方就是公共设施很完善，并且服务人员真的不会不耐烦。所以纵使是外国人，纵使是一场只拎着一个纸袋的单人旅游，也不会让你觉得孤寂和没有归属感，反而是自由和辽阔。人生的那个阶段十分享受那种成为地球村公民的感觉，绝对自由，绝对讨厌被贴标签。

黄头发的英国女孩为我推荐了她说“能看见爱丁堡古堡景观的旅馆”。价格不太贵，能交到很多朋友，而且，景观真的超级好。

我住在一间屋顶是斜的阁楼间。躺在床上，透过旧式贵族宅邸改建的旅馆的半透明毛玻璃，可以看见爱丁堡晴朗湛蓝的天。晴朗，没有一丝迷惘，又充满着一种崭新、属于星星的期望。那时一切在这种瞭望中分明明晰起来。一种我们人生下一步应该怎么办以及很想迫不及待拥抱生活的冲动。

晚上从一间教堂改建的夜店归来。走进公共休息区域连接 Wi-Fi，上传旅行照片。休息间是那种典型的英式起居室样式，深黑色铁格子的欧式长窗房，配红色天鹅绒曳地窗帘。维多利亚时期的烛台以及壁炉，古老三角钢琴。一个来自芝加哥的青年，在弹一首莫名哀伤的曲调。人们，或面对电脑，或三两谈笑，或拿一杯香槟独自站在窗前。古老的城堡，晚间被一种黄的绿的光打得，突然涌生出巍峨之感。

“我来自美国。”弹琴青年说，“从欧洲背包旅游至今。卖过热狗、当过酒保，在吉卜赛人的房车里一连住几个礼拜。我不明白生存以及明天。我只知道，活在当下。当下很快乐、很温暖，是不是就够了？为什么要完成那么多世俗的任务？”

我的眼里突然涌出炽热的泪水来，然而并没有让任何人看见。有多少时候，我们其实就是要追求一些极简单的东西，却被更复杂的世界所吞没了。

第二天，坐旅游巴士出游。旷远的苏格兰高地。一切有种被洞悉的梦幻。蓝到近乎无羁的天。绿到无涯的青草。开旅游大巴穿 kilt（苏格兰短裙）的苏格兰司机，在车厢内一轮一轮播放自己烧制的 CD，用超难懂的苏格兰口音为我们介绍当地原创音乐。不那么被世界所熟知却又有着自己独特味道的高地音乐。也是一个，有梦想然后不得不屈服于世俗及生存的灵魂。我闭上眼，听着苏格兰风笛，一切有种绵软而化不开的忧郁。

在这个世界上，我们所坚持的，原来正是别人所不屑的；而我们所那么极其特别不屑的，又是别人引以为珍宝的。

半夜有女孩簌簌回来的声音。三三两两，抱着啤酒瓶，在走廊里哧哧地笑。各个国家涌汇而来的年轻背包客。每个人人生都有大把选择横在前面，无数条路可以选的感觉。一个任何事似乎都可以在一天之内发生也可以在一天之内结束的年纪。一个你可以发现自己无限潜力、有多远就能闯多远的阶段。可悲哀的是，很多人没有意识到，有时这种任性，往往只有几个夏天而已。

然后一切就都结束了。猝然而然的。

在康沃尔住过临海悬崖的一处旅馆。一片镂空接近于无的空旷向海长廊，早上在其间的桌椅上吃早餐。云、渺淡的天、昏蓝的海水。一杯黑咖啡喝下去，能让人产生那么舒长的拥有人生的欲望。路易莎跟我说她和丈夫的“婚礼早餐”就是在这座旅馆吃的。从新西兰移民过来的女子，遇到了眼前这个英国丈夫，居然前所未有顺理成章地结了婚。在遇到他之后，她人生所经历的一切苦难、不甘、不屑，都成了过去；而在遇到她之前，他也觉得自身灵魂仿佛从未完整。他们年近六十才结婚，人生各自已经经历了太多。可是那天我看着她居家的脸上却是那种无可比拟的幸福。

我能想象那个早晨她略有皱纹的脸在康沃尔郡晴熙阳光下所焕发出的属于新娘的美。我能想象她微笑地仰起脸望向在场每一个宾客的样子。她跟我说丈夫的家人其实当时并不是多么赞成这门婚事。但我感觉，任何不赞成，在那天早晨那座旅馆他们所望向她足以融化一切的幸福脸庞的一瞬间，应该也都消解了吧。

《美国恐怖故事五》也讲述了一个旅馆的故事。整个“美恐五”也可以说是一部向《加州旅馆》致敬之作。很多人来了，很多人离去，而灵魂，却从未离开。滞留其间，永远被困。永远等不到，他们想要的人生。

威尼斯的斯拉夫河岸大道上有乔治·桑住过的一处旅馆。巴洛克风格的扶手椅和沙发。穆拉诺吊灯自挑高天花板垂下。大理石壁炉。推开长窗，来到露台，即是临河的绝美景色。夜间在这里喝一杯香槟再望着夜光下泛着泪光的威尼斯流水，是惊诧，还是唯美，这是一件不需要解释的事。

土耳其的伊斯坦布尔有一家酒店。阿加莎·克里斯蒂在这里创作了《东方快车谋杀案》。据说内部装饰是紫红色和黑色的色调，正好和推理小说写作的情境不谋而合。事实上，同是英国人的阿加莎和J.K. 罗琳都有在旅馆写作的习惯。阿加莎的处女作《斯泰尔庄园奇案》，就是她母亲鼓励她去旅馆闭关而完成的。

海明威在《流动的盛宴》中提到了巴黎的丽兹酒店。当时对于清贫的海明威来说丽兹或许是一种类似于天堂的地方。他在这里和朋友们研究时政，谈论赛马，马蒂尼也因海明威成了一款名酒。当时的丽兹酒店是一个如今世上罕有的不浮躁的“重视文学”的地方。海明威1957 年重返巴黎丽兹酒店的时候，行李员还给他送来两只十几年前他存放于此的老箱子，里边保存着他泛黄的笔记本。《流动的盛宴》一书，由此诞生。

日本作家泽木耕太郎在《深夜特急》中描述了香港一处叫“黄金酒店”的奇妙地方。廉价、复杂、冷气轰鸣、被褥凉潮发霉。而他却于其间，度过了一段极为奇妙而充满历险感的日子。他一次又一次续签，滞留于香港这个每一缕呼吸都有很多故事的东方神秘都市。后来他又住在马来西亚一处充满妓女的旅舍——妓女在那里接客进行交易，而她们所供养的小白脸，也同样住在那座旅馆。这样一种奇妙的景象也让他觉得颇为有趣，并和妓女及小白脸们关系不错，经常结伴一起出去玩。

然而，每离开一座美好的旅馆，就有一种不可知的伤痕烙刻在身上，就跟很多人每搬一次家就会抑郁一样。虽然“在路上”的灵魂是不能永久居于一个地方的，但是，每次收拾行李，还是会有不可描述的飘零感。然而，这，也是自由灵魂所需要承受的代价。

那首经典的*Hotel California*（《加州旅馆》），无论在世界上哪个地方的哪种酒吧，只要一听到这首歌，人总能被勾起一种难以名状的情结或氛围。昏黄的路灯光，一座神奇的旅舍，在那里，人会产生一种类似于哲学上的感悟，一种心理中不可能抵达之境，或曾经抵达又最终失落的感觉。

我们的人生，无数次在路上。无数次住过那么多曾让自己如此难忘的旅舍。今夜我们到来，明朝我们离开，而生命中的烂摊子，永远不需要自己收拾。在任何旅馆所体会到的美，都是短暂的，而正因为这种即将逝去的短暂，才将一切在旅馆中所能体会到的极致的美，勾勒出来。

一间酒吧的意义

有时候某种宁静会让我瞬间心碎，因为觉得太多美好太像一场假象。

那段时间我搬到了一片沿海半山的社区。街道干净整洁，蓝白色的天空，铅色的街道。在此间穿巡，经常能见到那种让人欣羡的花园洋房。半高精致的白色篱笆，不经意间瞥进去，是任何一个欧美中产阶级心中的“郊外梦”。

那时开学已经三个月，而我在大学宿舍已渐渐住腻。人生中开始希求一种贲张，一种本质的改变。具体什么样的改变我不知道，但只知不能像眼下这样。

留学生应该都体会过这种留学时的落寞和孤寂。当一切文化的繁华和新奇开始落幕，你所面对的，只是一种有大把自由时间却“几乎不知道干什么”的校园生活。

当时很多同学都跟我说过在国外的那种很深的孤独，因为无法融入英国人的“圈子”，始终有一层看不见的膜横在自己面前。我说为什么一定要进入或融入别人的“圈子”，你完全可以建立自己的“圈子”，然后让别人来“融入”你。

我在贝蒂的推荐下搬到这片叫“宿醉”的社区。贝蒂是当时我所住的宿舍的兼职接待员，她本身也是学校的学生。英国人，棕色头发里挑染出金黄和一种油画上才有的特别绿色。我平常在楼下洗衣房等衣服烘干或打桌球的间隙时会和她闲聊几句。

“有一片社区叫‘宿醉’，”她说，“因为那里离本市的各种酒吧都非常近，喝醉的人常借住在那里的朋友家。那里离海滩也很近，所以你如果喜欢清晨去海边跑步、周末去海滩晒太阳，都是近水楼台。而且它离大学也不是特别远。”

于是我立刻决定要搬去那个社区。

从那之后，我每次放学都会坐公交在山脚的一处小站下车，然后沿着山势向上爬，走到我的居所。那片社区的房子是一层一层的。每一层，都是一片堆叠的房屋。道路两旁，沿着山势而建的，是各种酒吧、卖酒的零售店、巴基斯坦人开的小超市、托儿所、社区健身馆……还算是一片生机勃勃的社区。

住在这种社区的好处是你从任何一个角度看过去，都是一幅绝美的画。早晨起来沿着山坡走下去上学，你会以俯视的角度看见顺势而建的各种颜色的房屋，以及更远处位于盆地和另一个山坡的社区。苹果绿色的房子，就在你的左手边，它的旁边则是一座无比静谧的社区教堂。再往上，是大片大片肥胖的白云，衬着身后浅蓝色的天空，一切正像典型欧洲小镇中的一个梦。

我第一次走进虎虎酒吧（Tiger Tiger）是因为酒吧的名字让我想起威廉·布莱克的“Tiger tiger burning bright，in the forests of the night. What immortal hand or eye”。

酒吧最别致之处是建在沿海的高坡上，这几乎是一处悬崖地带。从很多扇窗口往外看，都可以看见脚下翻滚的如蓝黑墨水般的大海。这是让我觉得它最苍漠的地方。

在寒冷的冬天，我徒步上山，只为在异国寻到这么一处，天涯的温暖。

它是一幢典型的都铎风格建筑：上部红砖墙体，下部浅色石材。蓝绿色的门牌装饰，用黑色毛笔质地的颜料书写“Tiger Tiger”。复杂、阴暗又有不可抑止的诱惑，宛如布莱克本人。

推门而入，首先是一架像很多闹鬼电影里常出现的那种残旧的、黑白相间甚至挂有些许蛛网的老钢琴。不远处摆着一个维多利亚时代的写字桌，上边零零碎碎地放满了一切细节：台历、古旧订书机、钻孔机、邮票匣、信封档、裁纸刀……

我走到吧台，放下沉甸甸的装满书和笔记本电脑的牛皮斜挎包，对长得很像龙文身女孩的酒保要了一杯 Scotch（苏格兰威士忌）。

酒保丹尼斯是一种很有特点的人物。她真的很像《龙文身女孩》里的那个角色。丹尼斯后背有没有龙的文身我不知道，只知道她们共同散发出的那种阴狠与温暖并存的气质某种程度上很让人觉得一种特别的魅力。

我刚到英国的第一个月和朋友一起去 Blockbuster（大型连锁 DVD 租赁商店）租了几盘 DVD，第一部看的电影，就是《龙文身女孩》，瑞典版。当时这部电影对我的震撼算是为即将到来的“资本主义国家生活”拉开了序幕。那种崭新的女性角色几乎是我在以往文学作品里没有见过的。既坚强，又美丽。虽然女权主义者很诟病她隆胸那个情节，但我仍然觉得她是文学史上一种前所未有的强大的女性角色。

我想多年后我仍会记起自己走进虎虎酒吧的这个夜晚，仿佛是进入“另一层自我”的某种标志，某种过去在“别人的标准”中建立的自我开始坍塌的节点。

像一道闪电划亮漆黑的房间，一瞬间所有过往和错误，都变得异常清晰。

从此以后我开始不定期去虎虎酒吧。有时一个人去，有时和别人一起。在那里弹过琴、唱过歌、参加过 Open Mic 和宾果游戏，还，甚至，写过论文。

虎虎酒吧最好的一点就是它全天都开放。其实我现在想它某种程度上也许不只是一家酒吧。“虎虎”基本上就是丹尼斯本人的一种放大的“生活方式”。谁说“自我”就一定是不好的？她从家里继承了这间酒吧和部分遗产，平时给别人写写程序也能收益不菲。所以“虎虎”才得以这么任性和恣意。它从早上开始供应各种早餐和咖啡，然后是午餐。下午有简单的下午茶，接着是晚餐和真正的酒吧时间。

一次，我带一个久别重逢的闺密去虎虎酒吧。那晚正好是足球夜（我完全不知道这一点）。我们去的时候，球赛刚好结束，酒吧里仍然聚集了大量看完球赛的脸上画着各自支持球队彩绘的人群。

我和朋友选择了一个靠窗的座位，在一扇幽静的长窗旁。头顶吊灯闪着昏黄的光，这种暧昧的黄色衬着长窗边坠着的红色天鹅绒窗帘显出一种神秘诡异的美丽。而窗户玻璃上却喷着些许朴素的彩色，似乎努力在叙述什么图形，而终于被它自身的流光溢彩所冲淡，荡进窗外不可知的深夜中去了。

朋友很弱地点了一瓶低酒精的 Breezer（我真的被她气死），丹尼斯朝我眉毛一扬。然后没过多久，一个看上去可怜兮兮的嬉皮士走过来和我们说话。他不是英国人，应该也是某个欧盟国家的外国人，不是西欧而是东欧。

我们把他打发走了。后来那晚的很长一段时间，我都看见他一个人端着一瓶啤酒空荡无着地在酒吧里晃来晃去，那一刻我突然觉得外国人在异乡的孤独和寂寞，或许都很相似。

有的时候，我们去酒吧只是想“见人”。正如村上春树所说，看海看久了想见人，见人见多了想看海。

有一次在酒吧里遇见了纪录片专业的休。休是年三十七岁，伦敦人，拿全奖来读我们学校的硕士，因为他本身好像已经有一些作品。

三十七岁，是一个即将真正接近“中年危机”的年龄，但是休却比酒吧里的任何人都显得要坦然、幽默、享受生活。他坦言自己一直以来也没赚到什么钱，“只是刚好够自己生活”。他刚从马来西亚生活七年回来，因为“白种人在马来西亚生存还是比较容易的，实在不行还可以去教英语”。但是他又用在马来西亚赚的钱去南美洲旅行了三个月，花得比较任性。

晚上离开虎虎酒吧回去的路上，我总是能在一条街道、两排房屋的夹缝间，看见码头边那个缥缈的摩天轮。摩天轮在黑色夜幕下闪着一种似乎属于巴黎的华丽灯光。一切仿佛在那个夜晚中分外明亮、充满希望，宛如当时的我们的前途。留学本是一种多么好的“重新洗牌”的机会。现在想起我们还是虚度了很多。然而这一切又究竟能怎么办呢？或许就是“我未成名君未嫁，可能俱是不如人”。这或许也是张爱玲晚年写《同学少年都不贱》的深意。年轻时，你们或许都很相似。但很多差距，原来在当初无限的细节选择间，就早已铸成。

黄色廊灯衬着典雅的白色房屋，灭掉的黑暗，以及更远处海边的星星点点。每一处灯火，都代表着一种截然不同的人生，然而我们的人生，又究竟在哪里。

香水灰尘

香水，最好是要洗完澡后直接喷在身体上。喷头按压，香雾袭来，新的一天，就在这种自我选择的味道中，开启了。

她出门前总要喷点香水，不经意的，若有若无，像手中不动声色的文身。

来纽约已经两年。她渐渐爱上这座喧哗与骚动共存的城市。喧嚣的车水马龙、晚睡的黎明、画画的早晨、打工的酒吧。一切都让这座城市有一种“行走”的味道，杰克·凯鲁亚克的“在路上”。

两年前来纽约学油画。尽管之前从未画过画。那又怎么样呢？人生，如果不趁自己仍旧年轻，可以多干一些自己想干的事，难道要趁老来捧着一杯夏敦埃在厨房后悔？

朋友间有人结婚。她不是不想结婚，只是不理解很多人妥协太多的婚姻。如果婚姻不是减轻而是加重负担，那么，为什么要结？

一瓶香水的作用就是它可以使你随时就心情瞬间好起来。气味，是我们另一最敏感的触觉。无论何时，在曼哈顿喧嚣热闹的市中心，在布鲁克林不知名涂鸦的大桥底部，或在哈德逊河正起风的岸边，只要她“穿”着自己的“香水”，她就感到无时无刻都笼罩在一种自己所创造的氛围中。

小说《香水》里，作者说，香水的意图就是要起到陶醉和吸引人的作用。但是，现在很多人的味道过于浓香扑鼻，却起到了一种完全相反的效果。

有次早晨一开门，送快递的小哥身上一股浓烈的廉价香水味扑面而来，我屏住呼吸看着他黝黑辛苦的面孔，也是觉得不忍；在医院输液，旁边戴手串的中年男子散发出一股强烈的“不甘心就这么老去”的运动型香水味，与年龄不符的年轻穿着和当下最流行的发型，凸显的是一颗无力回天的心。

人生中，我们有那么多难以忘却的味道，最后发现不过都是某个人的香水。前男（女）友的香水味，是最让人心痛的一样事物。因为斯人已远去，味道却永远残存于你的记忆。删了号码、微信、微博、脸书，但味道，却是一种如此难以删除的事物。

橙花油，晚香玉油，茉莉花油，肉桂油；成涎香，废猫香，广蕾香，檀香；香柠檬，香根草，卡他夫没药；安息香，忽不花，海狸香……

这些不知为何存在的美好气味，混合、提炼、精纯，共同构筑了我们现在瓶子里的味道。气味真是如魔术一般奇幻的事物。

以前看过一个鬼故事。半夜女子独身一人坐电梯，空无一人的电梯。却总是闻到一阵似有若无又极其好闻的香水味。后来发现，那个女鬼其实一直站在她身边。

伦敦的哈罗德百货有众多奢侈香水已不足为奇，比较特别的是有一个牌子可以专门定制属于你自己的味道。可以预约，和调香师聊一聊你大概想要什么味道，他会让你先闻几款基础香型，确定你究竟喜欢什么香味。然后他会根据你自身的气质和你的描述，调制出一款属于你的独特味道，和这世界上任何一个人的都不相同。

当然也是价格不菲。

我是一种无法忍受白开水的人，非要喝气泡水或在水里加柠檬、薄荷。同理，也无法忍受完全没有味道的空气。然而，用了一些牌子的香水，还是觉得不够特别。突然好想去不知名的法国小镇买几瓶没有大量生产的香水，在平淡无聊的空气中，喷着玩儿。

受亦舒影响的人也许第一瓶香水是现在已经买不到的午夜飞行，受安妮宝贝影响的或许是安娜苏或小雏菊。曾几何时我中学同学里有一个很漂亮很有心计的女生，当时经常捧着一本安妮宝贝的《彼岸花》。她同是漂亮的小家碧玉但婚姻失败的母亲，一生的错误是选择了一个自己爱但并不爱自己的男子，于是女儿诞生后她几乎是耳濡目染地教导着她生命中时常要去“争”。不争就什么都没有。喜欢谁并不重要，关键是你想让谁喜欢上你。不要谈所谓爱情。所谓爱情根本不存在。

她一直遵循母亲的教导，但后来还是选择了一个让所有人都大跌眼镜的初恋，一个小混混。之后完全走上了一条和我们不同的路，高二时就不怎么来上课了，之后有一次见到她，是她和那个小混混在校外租了一处小房子。我陪着她在校园附近的精品店买一些家居用品。她单纯快乐地选购着风铃、墙纸、小摆件。那时我看着一向精明的她脸上浮现出一种特别单纯快乐的神情，满满的对未来生活的憧憬。

她那时很喜欢看我的作文。经常把我的作文本借去看一个礼拜，有时还附上读后感。我表面看上去和她并不太熟但其实不像全班女生那般讨厌她。有的时候，我们对于一个人的判断，不是别人说什么就是什么，而是要靠自己感受体会。

后来她再一次消失很久。当高考前我们拍毕业照的时候，她突然出现了，因为“还是想给自己的高中生活画一个句号”。我陪她站在操场背光的冷风处抽烟，她说：“你知道吗？一切只因为他当时送我的那瓶香水，安娜苏的魔镜，我一打开盖子，在空气中随意一喷，那种从未闻过的香味，橙、杏、覆盆子、保加利亚玫瑰、鸢尾、铃兰、雪松……一瞬间我就这样被打动了。是不是很傻？”

我没有说话。只是突然想到《色·戒》中王佳芝的那句“他是爱我的”，然后，一个女人丢掉了自己的性命。

女生有时就是这么傻，会因为一个最微不足道的细节，做出自己一生的决定。然而这也是人生。人生有时就是一场赌博。如果不停选择最安全的选项，那么虽然稳妥，却也会失去冒险的惊诧华丽。

年轻时一个任性的决定，可能会钝痛地划破我们的皮肤。但是最起码，那也是一种勇气。

Coco Chanel 曾经说，不用香水的女人是没有未来的。然而，用了香水之后的女人，又有着怎样的未来？

曾经有段时间，在上海，一度喜欢深夜去一个摊子吃小馄饨。于是经常遇到一些三三两两的夜归女孩。那个小区附近有一个金碧辉煌的夜总会，年轻女孩下班后穿短裙坐在夜市的小摊子旁，睫毛飞长、眼影流彩。吃着吃着，一个女孩不屑地说：“我才不用你那种廉价香水，我用 Gucci，一个客人送我的。”另一个女孩说：“送香水有什么了不起的，送包才是正经。”

那个 Gucci 女孩瞬间无声了，低下头静静吃自己的馄饨，鲜红的口红印在雪白的馄饨皮上，像血。

青春的血，换来的将是一场什么样的命运，那一刻吃馄饨的她，是无所知了。

不知她用的是温暖甜美的“狂爱”，还是清甜之味的“花之舞”，或是根本不适合她的“Eau de Perfum”。

一个女人一生中会收到很多香水，但送的人究竟是否懂得你，送来的味道，你是否想用在自己身上，这是一个很玄妙的问题。

突然想起以前一个新东方的老师曾说：大家不要小看我，我是一个很有品位的人，我在上海做同声传译，用大卫杜夫的冷水。

海水、薄荷、薰衣草、迷迭香、烟草、雪松……用化学香料模仿海洋气息的先驱。

学生时代有段时间很流行上新东方的课。大家都知道的，新东方老师以神化自己和喜欢在课堂上分享感情经历而著称。但很多人都有着那种没有成功留在国外的浅浅不甘和落寞。现在也不知道当年的那些新东方老师究竟怎么样了，是终于移民成功还是安分地在国内结婚生子。

李碧华曾在多部作品中描述过香港一种叫“双妹嚜”的花露水，并延伸出一个凄婉诡异的故事。那篇《双妹嚜》最大的亮点也是最让人毛骨悚然之处在于结尾，但也不得不承认它的妙。

上次去香港，在一家快打烊的药店，买了一瓶“双妹嚜”。效果出奇的好。炎热的华南空气，这款花露水滋生出一股浅浅生姜的味道，虽然它的配方不过是薰衣草、香柠檬、肉桂、丁香、薄荷。后来又在庙街买了一张当年“双妹嚜”的仿旧海报，气味加图像，配合着庙街昏黄的路灯光，让人瞬间产生时光倒流七十年的幻象。

迪奥的毒药有段时间也被神化。紫毒、绿毒、红毒、白毒、蓝毒，终于“五毒俱全”。我望着很多女友有段时间疯狂迷恋毒药的时候，突然想到金庸笔下的五毒教何铁手。“艳若桃李，毒如蛇蝎”。美丽毒辣的一个个性女子，爱得深，恨得也烈。她标榜自己绝不做袁承志的小老婆，并且说：“男人如不把我爱得要死要活，发疯发癫，嫁了他有什么味道？”

是的，她爱他。但如果这个人不是真爱自己，那她宁愿选择放弃。因为一个女人一生，始终有权利找到最爱自己、真正爱自己的那一个。哪怕，她始终没有找到。

一切事物都是有气味的。芳香的火漆，香水信纸，玫瑰油香的墨水，白檀香木质的蘸水笔杆……而香水用得恰到好处的人，是对生命的每一寸缓慢、反复雕琢过程中对自我价值的不断浇筑。

空气中扬起一阵灰尘，香水的味道混在里边，人生，就这样擦肩而过。

深蓝色公寓

野草蔓生，涂鸦满地，一团团飞速闪过的灯火，是市郊人们千家万户的窗。

那种碧野中荧荧黄色灯火的样子，不知为什么，总让我感动。因为那种和日常生活的疏离，因为那种一直想追寻的漂泊感。

离火车站越远，夜色也就越来越浓，而且几乎呈现出一种绝对的深蓝色。但我一点也不害怕，因为如果人生要注定在某分钟死去或受到伤害那也是一件没有办法的事。

那天是刚结束去火车站附近看一所房子。因为那时我常去伦敦，所以想在布莱顿火车站附近找一所房屋。

整座房子最让我满意的或许就是厨房了。深蓝色调的装饰。落地窗外，也是同样蓝色的海。那么纯粹。那么纯粹的深蓝。悬臂式操作台，呈直角状这样围过来。可以在其上吃饭、喝白葡萄酒、拌沙拉。所以早上在这里吃煎蛋配咖啡是一件很享受的事。落地窗外紧凑着花园。早上把整幅落地窗拉开，一股海风灌进来，衔着一种只有临海城市才有的潮湿到黏稠的奢侈。白色纱帘无边地吹着，一种《呼啸山庄》感。

外表看是海边一幢翡翠色的房子，配合着棕石教堂。远处一两抹淡云，以及眺望的山谷上的白楼。而我至今很感谢这座陡坡。陡峭山坡所为你带来的，不仅是强烈的登山感，还是一种所有目标都需要艰辛达到的人生哲理。

房子的缺点是必须和一个冲浪运动员一起合租。据说对方非常爱派对。可我要的，是那种夜半煮咖啡都无人干涉的自由、赤脚行走于洁净地板的安全。全天二十四小时，每一分每一秒想干什么就干什么。

于是看完房子犹豫不决。撑那种伦敦买的木质长柄黑伞走在回程的路上。正在行走的时候，突然碰见班上的美国同学。他说正与未婚妻在临近小酒馆和朋友们一起小酌，问我要不要加入他们。我彼时正模棱两可租不租那套房，正好找住在附近的他们问问意见。

晚上九点的英国，月亮非常朦胧，可又射出异常皎洁的光芒。

他们在酒馆中已经喝高了。于是我就问他们这一片社区怎么样。“方便”，是一个最集中的评语。一个金发碧眼的女孩跟我说了一个她在附近洗衣房艳遇的故事。于是我当即决定搬过来。

觥筹交错。鲜红色的口唇。烈火在灯光下蔓延。满室流彩的样子。

布莱顿是一座坡度城市。于是它的火车站其实也在某种山坡上，而我的家，在另一座山头。

从卧房窗口望出去，刚好可以看见布莱顿海边的摩天轮，映衬着晚间的灯火和远处沙沙的海洋。那种寂静深邈的样子，有时看过去，让人心碎。

无论什么时候，摩天轮都昼夜无歇地在那里晾着。如果人生都像这样就好了。一直在等着，等着我们准备好的时候。

有时晚间倒一杯红酒倚在窗口处看那座寂寞的摩天轮。其他灯都熄了。温暖的胃部触觉。然而突然就很悲伤，悲伤得深到洞里。

夜半在浓火小灶上煮咖啡，是向之前的土耳其房东学来的技术。幽暗的蓝色火苗，一只银壶咕噜咕噜。倒出来却只有一小杯，酽酽的，极浓、极甜，并且我往往是要加上一两滴白兰地的。夜半喝完，更是烈火攒心、红拂夜奔。

后来冲浪运动员回来了，带着一股海洋的咸腥和一个神秘的金发女子。他们住一楼我住二楼。可是那间可以看见海景的厨房是公用的。有时半夜碰见他女朋友在那里喝威士忌加冰，嘤嘤地哭，面对恬静的大海。

爱情有时是我们人生中一件最无法解决的事。

吵嚷着。叫闹着。很快，下一任女朋友来临。她们都是金发红发褐发各不同的。每一个面孔，都那么美丽；每一个面孔，却也都那么短暂。

往往都是在我还没记清她们的名字时，就又换了。

我有时在二楼的卧室中静默面对海洋，因为有面对窗户的维多利亚式写字桌，又有落地灯。半夜会突然传来煎牛排的香味——他们吵完架后又饿了。我始终不知道他是以何为生的，以及为什么那些女孩都如飞蛾扑火般投入。

利刃划在皮肤上的那种痛。可是有时痛苦，也是一种无法解释的迷醉。

从厨房端一个维多利亚式托盘走到楼上的卧室。又是一个寂寞的夜晚。有时我也不排除我们是在论文中麻醉自己，然而那种阅读十本书只为写一篇文章的感觉毕竟是好的。从那一刻开始，我明白了适当引用而不只是摘抄的重要性。也似乎明白了入学第一天教授口中口口声声的“critical thinking”（批判性思考）是什么意思。

周末和朋友去海边小城的电影院看一场电影。空气中飘浮着一种啤酒和爆米花的香味。我觉得仿佛只有在留学时的欧洲才能体会出这种日后会让人觉得奢侈的闲适的。如此没有压力。如此不想未来。仿佛生命，只有“享受青春”这四个字而已。

红色幕布缓缓拉开。朋友对我说这间是欧洲最古老的电影院。二楼有暴露在阳光下的露台，且连洗手间的木框镜子都是充满历史感的，让人想起《闪灵》里那种二三十年代的配置。

等电影开始时在这里喝一杯啤酒是一件再自然不过的事。配着英国夏天罕有的太阳以及布莱顿出名的海盐冰淇淋。同学少年都不贱。

有时，我们看一场戏，却浑然不知，自己当时身处的，也就是一场戏。而凡是戏，则必定都是要散场的。

后来我搬去伦敦。在伦敦住公寓，特别是那种古老棕石公寓，是一件非常有感觉的事，有时能遇见维多利亚式壁炉架或泰晤士河景房。英国人劳伦斯·詹姆斯曾在《中产阶级史》中单辟一章，就叫“文雅的壁炉架”，探讨壁炉架、茶、咖啡等其他当时被认为是文明标志的种种配置。1778 年的一则房产广告，则特意将客厅里“镶嵌在大理石中的上等壁炉架”作为一个纯粹卖点。

当时我住的一间公寓就有一个这样的壁炉架。其上放置着烛台、相片、古董小竹盒，正上方的墙壁则挂着一面圆镜。冷冷的水门汀地板。当时同住的英国女孩除了上班就不再出门。她长着一张毕加索女郎的面孔，抽象而暴躁，常年有一种自己的诗未被发表的愤懑和对现实的不满。她叫玛格丽特，经常在房间内墙壁的木镜框中贴自己写的诗的纸质片段。她说这是属于她自己的艺术，尽管每天她做着兼职的客服工作，往往是早上五点就要出门，非常辛苦。

闪电的夜间。我们在夜雨中呼唤、奔跑。人生尽管多辛苦，我们都还是要继续下去，因为，它没有来生了。任何过去，即是永恒地过去。

伦敦公寓最让我难忘的是住在布鲁姆斯伯里广场附近的一家 B&B（床和早餐）。冬天，在有壁炉的室内，披一件深紫色毛毯，抱一只猫。这间B&B，旁边就是伍尔夫当年故居的旧址。为了写关于她的毕业论文，我在这伦敦市中心的繁华区域住一段时间，方体会她当年住在这里的感受。

早上起来。第一件事是拉开眼前白色的纱状窗帘，在临街的小阳台上喝黑咖啡，并看任何一本伍尔夫。阳光打进来。斑斓透过面前的黑色雕花铁栏，晒在黑铁皮桶中的紫色薰衣草以及深棕色的软垫上。对面是伦敦那种典型的半乔治式建筑混合公寓楼。长形的窗棂、白色木质窗框。这时伍尔夫的文字在字里行间所透出的就不仅仅是感动而已，而是你触碰到那个女人褴褛深梗的瞬间。

她的文字被翻译成中文，是可惜的，确实有时会显得神经兮兮、过度描述细节。但在英语原文中她却是那么机智、细腻、令人感动。她用的每一个英文单词，都是那么精准、不可或缺并丝毫不觉冗长。可是读她的文章确实是对英语水平的一个极大挑战，因为如果不拥有那么大的词汇量则无法感受那么丰富精致的画面感，比如“双轮敞篷马车”。

她写的奥兰多某段时间是那么极度怕见人，看见园丁走来都会远远地躲在树后，“觉得他自己将永远、永远、永远的孤独”。在山楂树丛旁的阴影中，奥兰多是寂寞、落寞的。而在她笔下也许整个人生，都是如此。

吃完早餐后出门。除了布鲁姆斯伯里广场，或许伦敦每一个广场都是值得逛的。每一个广场，都有它不同的韵味和趣味。有时我会坐在那种英国特有的月牙形街道的长椅上，静静看着繁忙但注重外表的伦敦人走来走去。

英国有一种“城市肌理”。中世纪网格状小镇，维多利亚时代的月牙形道路，盐碱滩上的黑松，田野中孤零零的废弃教堂，橘红色的砖块和黯淡的农舍。每每人生碰巧遇到这些景象时，我都会无言感动。而感动毕竟是一瞬间的事，剩下的则是漫长人生。我们的公寓，是我们的人生，也是我们舒适的牢笼。

小镇生活

推开古老沉重的木门，风铃在岁月深处唱着一种寂静的歌。它洒下的岁月之光是金黄色的，我们任何人都很难懂得。

海伊镇是我比较喜欢常去的一个英国小镇，因为我觉得再也没有比这更恬静、淡然、与世无争的地方了。这里有一间羽翼酒店，是那种英格兰比较老式的家族经营的酒店。世界尽头的感觉。大片大片紫色的云飘浮在棕色小木屋上空，小木屋前正对的，是碧绿和焦黄相间的草。

是在一个下着雨的黄昏偶尔路过这里。于是当然逃难似的进去了。漂泊在外的好处是任何一个地方都能很容易给你一种“家”的感觉，因为当你“在路上”，一切就总是充满各种可能性。酒店的酒吧在地下酒窖里，四个客房在小一点的塔楼里。当时是一个清冷的秋天，餐室里生着壁炉的火。

一杯煮红酒、一只忠实的大狗、一块煎猪里脊肉，总能让你产生人生总不过是个终途的那种很淡漠的想法的。有的时候，我们想要的只是一种“消失”。一种在众人面前、熟人面前、俗世面前，瞬间隐身的感觉。喧嚣闹市中你犹如沉入两万英尺的水底，透彻、无羁、奔放。

走进高尔斯华绥在海伊镇的书店去买一本书。推开古老沉重的木门，风铃在岁月深处。它洒下的岁月之光是金黄色的，我们任何人都很难懂得。

在这个号称世界上最大的二手书小镇里，似乎总能遇见各式各样买书的人。戴水晶眼镜的绅士在寻找一本《园艺指南》；穿二十世纪五十年代花格裙的女士在津津有味地读一本早期罗曼蒂克小说；睿智的白发老者毫不费力地阅读一本拉丁文原著。还有，听说这里可以找到布拉姆·斯托克《惊情四百年》的第一版，黄色书皮的吸血鬼文学鼻祖。

对于书的热爱，似乎是人性格中一种无法解释的情结。我有一个朋友，爱书如命，我们曾经在伊斯特本小镇发现一家破旧的二手书店。当时店门是关的，店内无人。但是店外却放了两大排书架，堆积得密密麻麻的书就那么让人任意去选，没有任何上锁的。书架上有一张轻飘飘的简易白纸，上写着：以下书籍你可以任意选取，价格在书的背面，请投入旁边。旁边有一个用于投钱的简易装置，我已经记不大清了。然而，我还是不由得为这百分之百的信任而感到震惊和一种非常澎湃的感动。

再回到海伊镇。我买了一本古老的英格兰硬装童话书后随便在小镇闲逛。觉得多年前阅读的欧洲童话展现出的画面好像就是眼前所看到的样子。整个小镇呈中世纪网格状那样排列，窄小的街道，路边随时可瞥见那种白色的、浅绿色的、天蓝色的质朴招牌，分别写着咖啡馆、肉店、鱼和薯条店。街道是那种昏黄色的，而两旁的建筑随时可见那种古老的花岗岩或云石堆砌而成的房屋，默默诉说着历史和未来。

威尔士在我眼里似乎总是一个充满烟愁的地方。不仅因为它的海和灯塔，还在于接触的那里的人或故事，似乎总和英格兰地区不大相同。在这里行走，给人一种很强烈的维多利亚时代乡间生活的感觉。有时周日去乡间小教堂听晨祷，一抬头，管风琴巨大的声音在召唤。

夜半。旅馆深处传来脆皮烤猪肘的香味。不知是主人家自己的还是某个房间的客人要求的加餐。并且恍惚中仿佛听见了那种二三十年代奢华的夜宴声，香槟酒杯交错、纱质晚礼服裙间相互摩擦，流水般的钢琴的声音。我不知道这一切经历是不是如村上春树《莱克星顿的幽灵》，奇怪的是我当时眼皮沉沉，就这样浅浅睡过去了，也丝毫没有觉得异样。

如诗如画的边境小镇到处都是石板房。长长的小河在镇里蔓延，让人不由想到阿加莎·克里斯蒂的《杀人不难》。罪恶在河边发生。越是看似单纯简单的英式乡村，有时往往越能展现人性中之极恶。因为，正如阿加莎所说，人性在哪里都是一样的。

1870 年，《基尔沃特笔记》中写道，这座小镇，山顶是爬满常青藤的古老城堡。今天，城堡依然主宰着整个小镇。城堡里居住着海伊镇第一家族，他们也是第一个在海伊镇开书店的。最近的一部英国电影《遇见你之前》（*Me Before You*），也诉说了城堡在英国人心中那种情结性作用。

我去任何地方都喜欢买明信片，也喜欢别人不打招呼地给我寄明信片，就仿佛把世界一角寄给我的感觉。于是沿路买着各种明信片，碰到一个邮局，就走进去一并散出去。

古老小镇中我另一喜欢的就是青苔。青苔与那种古老的英式红砖总是格外配的，之前去切斯特也是这样。碧野中红色尖顶的房子。清澈的、纯纯的雾，因为它没有污染。

走路去一家“红狮酒吧”。酒吧人极少，可是你不要小瞧它，在这里你可以尝到威河谷地产的麦芽酒和格瓦金的苹果酒。或是来一品脱手掣啤酒，当然也是极够味的。小酒馆是那种半木质结构的建筑，半下午的街道，整个酒馆非常静谧。路边堆放着古老的橡树木材，泛着经年的银灰色。

有时在碧野间看见那种极傻的罗姆尼沼泽羊，都会瞬间被它们逗得笑出声来。我有个朋友之前在农场工作，跟我说羊或许是这世界上最傻的动物，没有之一。然而我却觉得它们傻得可爱。所有事情在它们那里都是慢动作——比如你默默走过一群羊，就会看见它们的头缓缓按照你走过的轨迹那样旋转，走了很远后你回过头，发现它们似乎还在看着你——一群羊的默默注视。

含着盐水太妃糖，在沼泽中划桨。沉浸于自然界的湖光山色。斜躺着读一本海明威。这时仿佛终于明白了《老人与海》的含义了，然而一切也只可意会不可言传。

很多时髦的伦敦女性，或许她们的家乡都是一座小镇。而有时，通过很多细节，是能区分出这些小镇女孩和城市女孩的不同的。清晨在树林间看日出，那种希望微微升起的样子。这时一切都是美好的，你很难会想到一些丑恶的东西。我想，见识过这种景色的小镇姑娘，就算日后再受到快速都市的种种诱惑，心中或许仍是留有这样平静的一角吧？

苏塞克斯翠绿色的南丘是被很多文豪都歌颂过的，还有那辨识感极强的红色和奶白色乡间的三叉戟巴士。

英国的海港小镇，诸如埃塞克斯郡、康沃尔郡的一些小镇，因为运河和海洋文化的交叉兴起，也是极有韵味的。

英国的甜食有着这样一个特点：就是极甜，甜到齁人，似乎糖不要钱的那种甜。在康沃尔郡的一间甜品店，“双重致命”，“巧克力乳脂软糖”，“硬巧克力涂层包奶油”，用蛋白酥、奶油和水果制成的“巴甫洛娃蛋糕”，一看就让人甜到嗓子眼里去。

圣艾维斯港是那种很容易让我想起茨威格小说的地方。而很多艺术家也确实是来到此处寻找灵感的：席格、透纳、韦斯勒、尼克尔森……早晨在这里很安静，沿着海岸漫步到码头，看见渔民撑起各种打捞工具。强烈的腥气让人感到一种强烈的扑面而来的生命力。

埃塞克斯海岸的牡蛎午餐能激起人对海洋的强烈兴趣。牡蛎，即生蚝，当它不再是国内昂贵法国餐厅里可望而不可即的尘埃之后，于临海城市的那种极亲民且更新鲜的品尝，才是我所感兴趣的。我讨厌那种十分做作的精英主义，越来越觉得自然真诚才是人间真理。

一个非常酷的台湾女子对我说，她曾经独自一人在美国进行长达三十天的公路旅行。萧索的银灰色树林、摊在公路上的水渍、莫名路过的松鼠、被堵在一座圆拱桥上的油槽车，这一切都让她的灵魂深深迷醉。

所有的旅行中的惊喜，我最喜欢的其实是“迷路”。曾经试过在任何一座陌生城市，跳上出租车，让司机漫无目的地开，只在任何看得顺眼的地方跳下车。讨厌任何攻略、计划、事先规划好一切，也不喜欢所谓的“旅游胜地”。除非特别著名的地方，我一直是试图避免和广大游客相撞的。

人生，其实有时想通了，也就那么回事。

空　白

我们一生中很多时候都会想去一座农场，放下身段，褪下枷锁，只为寻找一种这世间最细微的纯粹。

记得一份报纸，貌似是《卫报》吧，一直有我非常喜欢的一个专栏，描述乡村生活的日子。有一次记得其描写一片秋天叶子的细致让我能无限感到那种黄叶被染红的瞬间。

人生中我们很多时候都会想去一座农场。放下身段，褪下枷锁。只去寻找一种这世间最细微的纯粹。

熹微的晨光飘荡在山谷，一切都显出一种没有历史的样子。我闭上眼，翻身在床。生活是一件无法实现的事，我想。

来这个鲜少有人知的小乡村已经三天了，每天清晨被马蹄声和奶牛的叫声吵醒，下楼吃房东自己准备的农场早餐，觉得这样的生活过上几个月，其实也不错。

他们起得比我早，所以我下楼时，早餐早已被放在桌上的托盘里。

房东老头自己做的手工面包，房东太太自己做的柚子果酱和柠檬酱，还有一杯清澈得没有一点渣子的手冲黑咖啡。埃塞俄比亚豆子。面包实在紧致，果酱清新而不很甜，柚子厚重到想让人落泪。每当我吃到这种不含任何防腐剂和添加剂的食物时，总感觉自己过往的生活是多么充满毒素。

这是位于荒无人烟的西苏塞克斯乡郡的一个农场，我在这里订了两个礼拜的房间，做 PG（Paying Guest，寄宿房客）。

一日三餐吃的都是主人准备的东西，产地多来自他们自己所种，煎鱼、土豆、胡萝卜、扁豆，还有烤三文鱼。

这时我终于明白了为什么西方很多画家的著名作品总是乡间风景画。从我房间窗口望出去的难道不就是一幅极美的画？生活在城市中的我们总是很难享受到那种一望无际的敞阔，城市中人的视线总是被很多建筑物遮掩，一个地点到另一个地点间的距离总是很远。而人的心，久而久之也是那样了。

在城市。我们的心都苍漠、隔阂以及艰险。遇到的确大多是恶事。而我，却总不想让自己也变成那种咬得一嘴狗毛的人。

想起之前有一个所谓留英女生跟我说她不喜欢英国的乡村。问她在英国乡村住了多久？她说一天也无。

这世界上，总有那么多人，明明没有见识还要高谈阔论。我们生活中究竟有多少时候，把无知当成个性，把圆滑当作平庸的借口。英国的乡村生活、乡国大宅，其实是最能体现这个国家民族精神的丰富水库。二战时英军士兵都要带英式田园风景画在自己身边以鼓励自己对家园的坚守。而严格来说每个贵族其实都是“乡下人”，因为他们都是自己封地的领主，都有一座或几座乡间大宅。油画、家族徽章和晚餐时的敲锣……说自己不喜欢英式乡村生活——如果无知，还请闭嘴。

在面对森林的厨房，静默。煮一壶伯爵茶。一切在碧野间有一种不可知的未来。而我们更多的过去，却被生活淹没了。

坐火车到一个人迹罕至的小站。下车，背着并不轻的行囊，手机此时已经没有任何信号。走了大约二十分钟，和路过的傻牛进行了无数次对视——四周全是静谧无人的乡间景致。一种很强烈的《荒凉山庄》的感觉涌上我的心头，内心只觉大好。

彼时是一年里最轻盈的时节，暮春。所有轻盈的岁月都在我前方延展开来。

梭罗在《瓦尔登湖》里描述了一种水蓝色，会让人不住遐想这究竟是一种什么样的色彩？当然只有去过的人才知道。伍尔夫在《雅各的房间》里说了一种“pale blue ink”，苍白的蓝色墨水，又会让人瞬间生出一种画面感来。好想拥有。还有她在很多作品中都叙述了一种对灯塔的无限迷恋。这种迷恋，彼时是纸上的迷恋，而直到我去了威尔士海一片苍黄的海滩前，看到一座废弃的灰蓝色灯塔映着远处无限汪汪的海水时，我才明白了她在说些什么。那种浅浅的自弃和深深的绝望。灵魂之间，有时可以达到突破纸上的共鸣。

我认为文学对于现实的意义方在于此。先阅读。后如果有幸，我们此生必当行走。遂发现，他们说的都是真的。所有美好，还是有成真的可能。

屋舍后有大片树林。有时静谧午后走去那边，可以看见潺潺的小溪和人迹罕至的小径。各种野花，点缀其中。终于圆了我“采一把花回去插在透明玻璃瓶里”的夙愿。屋主老夫妻怕我无聊，出去时总是会友好地问我要不要一起去。介绍隔壁农庄的二丫给我认识，后者还教我骑马、煮红酒。在那里，骑马几乎是每一个人都会的必学技艺。洒脱而自然。难怪清晨，不是被汽车的汽笛而是被阵阵马蹄声吵醒。没有骚扰电话，没有促销短信，手机全无信号。那时我觉得，人生如此幸福。人生就是应该这么简单。

最难得的是星星。我住阁楼——就是喜欢那种斜的屋顶。灰色橡木地板，房间里一张巨大的原木床，雪白床单。正对着屋顶的天窗。我想自己盖的房屋应该就是有这种好处吧，每一个细节都充满强烈的美学意味和建筑师对于生活的思考。屋主老绅士在退休前是个建筑师，目前这座宅邸就是他自己设计的。他同时买下了临近市镇的另一座接近荒芜的房屋，每天早上八点准时出门，带着妻子为他准备的午餐和咖啡。盖一天房。一个将近七十岁的老头子。有时我在想人生这种东西，每个人所追求的都是那么不同。有人退休后每天积极搜集附近超市打折菜信息，蜂拥而至只为便宜几块钱；有人为了省钱，家里明明几套房，偏坐辽远的公交，在车厢因为别人踩自己一脚从而愤懑不平地说对方是外地人；也有人在西苏塞克斯乡间独自盖一所荒芜得只剩骨架的房屋。那是一种坚守我觉得。一种自身对于生活或自我价值的坚守。什么时候能盖好，他不知道；工程如此巨大，他当然也明白。可是，烈士暮年，壮心不已。

再想想我们年轻人。年华如此美好，可每天仍有那么多人在无限蹉跎自己的时光，纠结于非常小的蝇营狗苟。小家子气。小格局。小心思。实在惭愧汗颜到极致。

屋子是有露台的。白色大理石围栏。有时傍晚在露台上，听路易莎弹《梦中的婚礼》，边喝着一杯红葡萄酒。月明星稀，乌鹊南飞，绕树三匝，何枝可依。

菲茨杰拉德在《了不起的盖茨比》中说，a sense of the fundamental

decencies is parceled out unequally at birth（人们的善恶感自一出生就有差异）。每次当我读到这句的时候，我都要停下来，然后体会其中的深刻。诚然，很多不平等确实是在我们出生那一刻就铸就的，然而，我们也有权花自己一生的时间，去“不服气”。

有时我们在都市中遇到的善意太少，于是偏要跑到这种人迹罕至的地方来寻找那些没有任何功利的善良。赶公交。小跑。眼看要追不上了，刚下车的英国老者帮你小跑追公交、拍打车身。于是已经开动的公交真的会停下来，上车时你不住道歉耽误了大家的时间，大胡子的司机和零星的乘客都向你微笑。宽容和理解，是在一瞬间酿成的。

逛乡村市集是一件最最享受的事。农场的鸡下的新鲜的蛋，包在大张牛皮纸里递给你；大块芝士，摊放在铺蓝丝绒布的摊子上，免费品尝后割下肥肥的一块，也是如此便宜；马铃薯浑圆紧实，回去配（周末烤肉）刚好；咖啡豆是那么新鲜，一堆一堆摆在圆木板上，摊主跟你介绍巴尔扎克当年常喝的是哪一款。

伍尔夫当年也曾在写作间隙去市集上买一条鳟鱼。英国农夫，特别是稍年长些的，有一个特别好的习惯是会喊你“love”。英语里一种非常慈爱的称呼。每每被这么喊时，那种初离家时的不适落寞，仿佛能得到最大程度上的缓解。

我们有时在黑夜中长久默坐，幻想自己未能得到的人，未能得到的人生。于是一切突然有种烬余的感觉。我们每个人都以为自己的人生是无限绵长的，年轻时可以拥有一切。但其实现实并不是这样。

巴尔扎克在自己的墙上挂了一幅“空白画”，因为可以随心所欲地把自己的想象投射到空白画布上。

而我认为人生最难得最超脱的便是这种“空白”了。很多时候我们都想要太多。可欲望有时，应该休喘。

海边的卡夫卡

夜深人静，她独自一人走向空无一人的大海。那种很深的寂寞，没有人可以理解，而只有望向世界尽头的悲哀。千般繁华看尽，她所拥有的不过是一种最孑然一身的寂寞。

清晨五点，我独自走向海边二十四小时的健身房去跑步。凌晨的健身房空无一人，灯是熄着的，只有落地长窗前的一排跑步机晨光熹微。我走过去，肩上搭一条毛巾，按下按钮，开始无意识地跑步。

前方，是一望无际的深蓝色海水，奔腾着、喘息着，仿佛有一只困兽在其底怒吼。

五点钟的英国晨光是极美的，导致这画面我至今不想忘却。有时人生最难得的是对于某种景致、某个瞬间的回忆，但所能回忆起来的一切具有画面感的东西，最终都会像《一个陌生女人的来信》中结尾那个男人，似曾相识又绝难达到一种具体……

跑完步，我回家淋浴，然后背着摄影器材出门。我当时住在码头旁边一个小酒吧的阁楼上，去健身房只需走路即可到达。

为了完成摄影课的作业，我去 Hove（地区名）那边的海滩寻找吉卜赛人的房车。可是无意中却看到一个对着海水祈祷的伊朗女人。我当时看到的是她单薄的背影：黑色长袍，白色头巾，长久地在那个清晨的海边默跪，一直没有起身。

我忍不住为她拍了一张照片，背面的。望着那个单薄寂寥的背影，我不禁好奇，究竟是什么样的心愿能让她在清晨的海边这样长跪不起？是什么样的生命中的哀愁，可以如此压弯一个人的灵魂？

一直对摄影很感兴趣，特别是黑白胶片，所以当得知自己可以读这门课时，内心充满欣喜。这种人生中为数不多的感觉，叫快乐。

摄影课上认识了一个很酷的女生，极瘦、很美，每次开黑色奔驰来上课，却并不高调，我也是有一次被邀去她家喝一杯时才得知。她是那种冬天时也穿得很少的人，薄薄的黑色修身长西装内只穿着一件白色 T 恤，瘦腿深蓝色牛仔裤。不需要走路的装扮。

一天放学，极偶然的，她问我要不要去她家里喝一杯。之前我们略少交谈过，简短、匆匆却有共鸣，直觉地认为她是一个有故事的人。

我们坐在她的车子上一路前行。那天没有下雨，她打开了车窗。我们沿着崎岖的盘旋公路，离开大学，从市中心的码头左转一直向上，人烟逐渐稀少起来。盘山的公路下是陡峭的悬崖，然后就是英国南部“惊涛拍岸”的海洋。在太阳下，脚下的那片大海闪着金色的光，像希区柯克版的《蝴蝶梦》。

一路无话。我们仿佛是有默契。有时契合的灵魂在一起，不需过多交谈。

她点燃了一根烟，我看着她从容吸烟的侧面，突然感觉这个二十三岁的女孩，眉目间凝聚了过多哀愁和落寞。

她一个人住海边的一座可以看见海的二层小楼，并且，不得不说这种房子是价格不菲的，然而她看上去仍是不快乐。

十五岁时离家，开始在各个国家飘荡。来英国读硕士之前，她在纽约学摄影，已经出版了一本自己的摄影集。

“我也不知道自己真正想要的是什么。”她跟我说，“你会不会时常有这种感觉——世界那么大，然而你自己是极其微小的。我们在这世界上，无论怎么样奔腾夺取，似乎总也无法得到自己真正想要的。”

我当然深以为然。彼时天色开始变黑，我们坐在她家那巨大空荡的客厅里，然而她当然也是不开灯的。

她的英文名叫雪莉（Sherry），每次想起她来，我就不由得想起雪莉酒。

一直以来，我的梦想就是有一座很大的向海的房子，要那种很大的。客厅是那种棱角很直的正方形，巨大、挑高。放极少的家具，冷色调装饰，客厅颜色不超过三种。正对着灰色转角沙发的墙壁不放电视，而是一面几乎与墙同大的油画，不挂，半斜靠在墙上，最好是铅灰色中缀星星点点杏黄色的那种冷冷的绝望中又萌生希望的色彩。还要有一面面朝大海的落地窗。窗外的海不要蓝色，要那种灰白色的。落地窗脚放一瓶威士忌，或任何一种烈酒。

但我没料到我的这个梦想与眼前这个女孩的现实几乎惊人的一致，虽然不是和我想象中的一模一样，但分明是一个调子，一种气质。轻微的嫉妒，是有的。

那种先后失去双亲的伤痛深深地刻在她的骨髓里，然后她开始过早地经历这个社会。青春、美丽、爱情、背叛、失望、人性、丑恶、纠结，因为她太过自由、太过富有，所以她接触得比任何同龄人都要多。虽然她看上去具有太多优势，但内里，她比任何人都寂寞。

人生在世，也不过是求个“温暖”。如果这种温暖没有从亲人处得到，则必然希望从爱人处得到、朋友处得到，乃至从一切认识的人中得到。但这个世界的真相就是，温暖很多，有些人就是没有办法获得。

英国作家阿莉·史密斯在小说《快了》中说：“我第一次意识到，在我一生的任何时刻，除了我自己以外，我从来没有真正地关心过任何人、任何事，我不知该怎样改变，也不知能否改变。”

枯寒晚间，她独坐在那面向海的大窗户，身披一件浅蓝色晨衣。她于黑夜中凝望窗外的那片大海。那一刻，她瞬间意识到，这种枯寒的感觉竟然是一生的，而不是仅仅存在于一瞬。

每当她开始一段感情时，她总会试想出无数悲哀的结局。表面看上去太过美好的她，拥有别人无法想象的自卑和脆弱。当她开始有点喜欢一个人时，她会觉得自己内在的缺点千疮百孔，怎么可能有人爱上自己这样的灵魂？

生活或人性本身，对于她来说，一直充满了失望。她当然也有遇到过美好，但只是太罕见和太过转瞬即逝，导致她时常忘却它们。

当我们迷茫、惶惑、内里空无一物时，我们怀念的都是曾经那个最单纯的自己。成长是把一件小事无限复杂的过程，充斥了太多破灭的幻想和失望后的现实。

至今，我仍在不断问着旁人：你们有谁理解和喜欢那种面朝大海的落寞？年轻时，我们或许还处在需要书籍、电影、音乐的年龄，但突然有一天，有些人会意识到这些东西其实都不再重要，而只需要面朝大海，独自静坐，“深夜中抚摸自己节节的灵魂”。

有的时候，一个人的梦想可以很艰难，永远无法实现。

影响一代人的安妮宝贝曾在她的很多作品中多次说过她欣赏一种“深夜中独坐大海”的境界。安妮宝贝最终获得了世俗意义上的成功，然而这世界上的大多数人，是没有此种幸运的。尽管他们也很努力、很有才华。

村上春树曾写过一本《海边的卡夫卡》，我青春期时最喜欢的书之一。那部作品描写了一个少年的长久的落寞，整个世界没有任何人理解的落寞，在我心中留下了不可磨灭的印象。

人的落寞可以有很多种，但不是所有人都敢于正视它。独自居住在海边房子的灵魂，最起码是敢于赤裸裸地直视自我的，无论它多么丑陋、不堪、绝望、脆弱。

在很深的夜中她为自己的灵魂找不到任何出口。所以一切究竟该怎么办？这世界对于很多问题的解答，究竟是什么？

当有多种选择出现时，我们潜意识里总会追寻自己最想要的。但世界不是一加一等于二那么简单的，很多事情，是你努力也未必会成功，付出也未见有回报。设想的完美永远只是不存在。所拥有的，往往只是和任何人都一样的平庸的现实。

众所周知，卡夫卡在《变形记》中诉说了一个人变成甲虫的故事，这个故事被后世阐释出了过多高深的意义，但很多时候，我们是否会发现，自己在这世间，也不过是一个无法被理解的、很多人都厌弃的虫子？

人生何处不相逢。从今以后善待每一个人，帮尽可能帮的每一个人，不为什么别的，只为生命中总该有一些不求回报的单纯的美好。其他一切世俗，又有什么重要呢？

窗外的海涛声一浪强似一浪，看似单调，但其实内里蕴含着难以解释的丰富哲学。

我们自以为是的爱情

身在异国，会时常让你感到一种东方面孔的特别，但同时也有一种看不见的、沉默的隔阂。

微雨晚间，因为要赶最后一班地铁，我匆忙走向 Warwick Avenue 地铁站。在熙熙攘攘的入口，不小心听见了一对男女的分手。他们连地铁站都没有出——毕竟伦敦地铁票价也不便宜。显然是分别从各自的住处赶来的，于 Warwick Avenue 站碰面。于是我想，一次分手，究竟需要几班地铁的穿梭。曾经那样亲密的一段关系，就这样在一个人影稀少的午夜地铁中猝然地、轻飘飘地结束了。那一刻我恍惚觉出，原来所有感情一旦结束，几乎都会变成一件根本没有发生过的事。女孩苗条美丽的、穿着球鞋的身影消失在地铁站台。男生虽然表情凝重，但总觉得有些做作。只是刹那间的直觉。双方戴上耳机，只剩“一个苍凉的背影”。一切就这样结束了。

张爱玲在《爱》中说：“于千万人之中遇见你所遇见的人，于千万年之中，时间的无涯荒野里，没有早一步，也没有晚一步，刚巧赶上了，那也没有别的话可说，唯有轻轻地问一声：‘噢，你也在这里吗？’”这个才华过人的女子，一生的爱情也是坎坷。让人不禁思索，被过度理想化的事物总是痛苦的。

布莱顿某条街道上的一家中餐馆，有一个很有名的“中国女子”，经常在酒酣耳热之际开始哭诉自己的人生际遇。她是一个美丽的女人，一个美丽而不甚聪明的女人。美丽而不够聪明的女子，总是可怜的，很难落到一个一流的结局。

她原是去英国留学的女学生，抱着一种“想留下来”的态度，邂逅了一场当时以为如童话般完美的爱情，后赫然发现残酷的现实。人们说——因为在那个饭店，她已将自己的故事说过多遍——在校园里，她自以为邂逅了一场一见钟情的爱情。当时她和一个女同学一起走在铺满金黄落叶的校园小道上，迎面而来的英俊的异国男子只单单向她要了号码。她当时产生了一种女人内心最浅显和最易被击中的自豪。结婚后，在数次家暴和吵架后她才得知，当时男生不过是觉得自己看上去比较容易到手，所以才率先和她打招呼。然而当时她并不知道这些。当时，她为了留在英国就结婚了，而为了结婚，她将家人给的学费全部花光，构建了他们现在的家。她当然也就辍学了，并没有毕业。才二十出头，结婚后就迅速生下了孩子。后来，则是络绎不绝的家暴和劈腿。他背叛，于是她也背叛。美丽仍然是美丽的，于是，她希冀用自己的美丽换来第二场婚姻，逃离现下的深渊。然而，西方人大都有着这样的特点，浪漫多情甜言蜜语是有的，但真正言说结婚，却也比较难。于是她仍旧被圈禁在那场充满暴力和背叛的婚姻中无力逃脱。她感觉自己已经无脸回国。因为花光学费、辍学结婚之事，她已经和家里闹翻。国内的朋友都以为她在英国风光大嫁、成功留英，她不忍心戳破这层美好幻想的泡沫。要她拖着一个孩子灰溜溜地回国，她也觉得实在是不能的。所以，一个女人曾经所有的不甘和野心、希冀和美好、强大和渺小，最终只幻化成午夜英国小城中国餐馆中一个美丽但绝望的影子。据说她愿意跟随任何想带她回家过夜的男子，然后每天清晨在不同的人身边醒来，望着镜中眼角晕开的睫毛膏痕迹，觉得无望、无力和交瘁。

所有自以为美好的爱情都是自以为的，其后真相，惨不忍睹。

十九世纪，简·奥斯汀在《傲慢与偏见》中用一整部书诉说了一个真正美好的爱情于现实生活中不可得而只存在于文本间的道理。她塑造的达西先生那么美好，感动了无数的女性和男性读者。但是，她一生未嫁的现实让我们悲哀地得知美好的爱情并不存在于现实生活中，尽管奥斯汀是一个那么值得爱的女子。

有一阵，一个中国男生和两个中国女生在大学附近的半山社区一起租了一间复式房屋。那时他们每人一间卧室，倒也其乐融融。由于异国环境的落寞和语言的隔阂，久而久之，那个中国男生首先和第一个中国女生好了起来。第一个中国女生家境微贫，于是谈恋爱时，吃吃喝喝或玩玩乐乐，总不免是那个男生埋单。

一段时间后，那个男生开始有些微的抱怨，于是他就和第二个中国女生倾诉心声。

第二个中国女生其实也有些喜欢那个男生，于是她趁机开始说第一个女生太物质、不是真的爱他云云。

渐渐地，男生有些相信了，他开始疏远第一个女生。第一个女生为了维持生活费用，到市中心一家中餐馆兼职。

第二个中国女生开始趁机向男生“进攻”。一天晚上，第一个中国女生很晚都没有回来，于是，男生睡进了第二个女生的卧房。

但由于那个男生心底还是比较喜欢第一个女生，所以第二天早上，他要求第二个女生坚决不能说昨晚发生的事，否则他就搬出房子，再也不和她联系。第二个女生此时越来越喜欢那个男生，为了维持这种脆弱的联系，她答应男生不说。

第一个女生仍旧和那个男生在一起。但是，两人都感觉到这段关系中已经有一种东西在变化。

他们三个就这样不咸不淡地过了一段时间。

其间，每次第一个女生在中餐馆打工时，第二个女生都会邀约男生一起共度良宵。

男生没怎么拒绝。

但是他始终没有和第一个女生分手，因为觉得她还是真爱，而且她长得又实在是美丽。那段时间，第一个女生也没怎么让他为自己买东西，使他觉得她可能是改了“虚荣”的毛病。

有段时间他一度以为他们毕业后就会回国结婚。

有天晚上，第一个女生说要去同学家做作业，会晚回家。男生说好。然后他在看《疯狂汽车秀》（*Top Gear*）的时候，脑中开始出现各种闪回。突然之间他仿佛意识到了什么。这段时间，第一个女生频频晚回家，给了他各种各样的理由。然后他打开了手机中的定位功能。

第一个女生有些科技白痴，对这些东西糊里糊涂的不是很懂。她不知道男朋友可以通过手机定位知道她在什么地方。而英国又是极好定位的，只需一个邮编，就能精确知道一个人当时的位置。

男生开车下山去她手机定位的地点。

那是位于布莱顿较好地段的一处公园社区。他看见第一个女生从一辆车上下来，和一个略有秃顶的白人中年男子，走进一幢中产阶级的房屋。

他知道滥俗言情小说中总会说“那一刻，他听见了自己心碎的声音”，以前他总对这句话不齿，但那时他突然明白了它的真实性。

他静静地坐在车中，反复听 Adele 的“*Someone Like You*”。不知过了多久，那个女生和中年男子走出来，并坐上了他的车。

男生知道他是要把她送回家。他抬手看了一眼表，正是女生答应自己回家的时间。

后来当然是疯狂的爆发，男生不住地问第一个女生到底是为什么，女生死也不说。最后，吵到筋疲力尽，她幽幽地说：“你不是总觉得我太能花你的钱了吗？那我还能有什么别的选择？”

第一个女生觉得自己和男生是真爱，不想失去他。于是，她花着别人的钱来维持他们“不受金钱污染”的爱情关系。

此后他们三人分别搬到了这座城市里相距较远的三个社区，过着一种尽量避免交集的生活。

年轻时，我们的感情总是自尊、脆弱、傻气，在喜欢的人面前维持着一种愚蠢的骄傲和面子，有时俯低太多，有时过度任性。在这样一轮又一轮莫名的误会中，我们看似失去了某些人，但其实爱情到最终，拼的都是人性。毕竟这世上没有真正完美的东西，所有事物剥落到最终，都是无力。

当年，老舍在《二马》中早已将那种东方人亘古的异国落寞刻画得深入骨髓。小说中，老马为了得到英国太太的爱，不惜“买”她的开心，并且觉得那是值得的。

苏塞克斯晴朗的天空下存不住东方的梦。梦醒时我们发现自己还是原来那个自己，没有更好也没有更糟，然而过去的，不过是岁月。

我们沉沦的荒野——咖啡与美食

夜深人静，我们的胃所发出的信号异常清醒真实。

咖啡血液

早晨起来被一杯咖啡唤醒是一件天经地义的事。

早晨起来，走到厨房，为自己弄一杯咖啡。然后，站着，望着窗外或都市，或乡村，或郊外的景致，葱郁的、灰黑的、浅紫的、黑白的，不知不觉中，一天的浮光掠影、生存游戏，就这样开始了。

早晨起来被一杯咖啡唤醒是一件天经地义的事。很多人不这样就没有办法唤醒一天。人生中的每杯咖啡，都有每一杯不同的味道。

我在英国喝的咖啡似乎都是即景的，往往只有和故事或特定记忆串起来，才能印象分明。

一开始特别习惯于买那种最简易的咖啡机为自己做美式的，然后加上新鲜的全脂牛奶，不加糖。过了一段时间以后又习惯喝拿铁，遂买了那种能打奶泡的意式咖啡机。然后又回归到速溶，因为真的很方便。

我对于咖啡豆一直没什么讲究，也不会报一大堆产地、专有名词。只是去超市选一包看得顺眼的包装。然而有段时间一个英国室友送了我一包有机的咖啡豆，我做完后立刻惊艳，遂有很长一段时间喝那个。我有的时候觉得自己的脾气也该收敛些，这包咖啡豆是我在厨房发了一点小火后她送我的道歉礼物。现在觉得自己真的不具备很多东方人都有的nice，跟老外讲话老是“直抒胸臆”。

有一次去格林威治村的一个市集，发现一个小摊贩在卖各种各样的咖啡豆，于是拣香味好闻的买了两袋，也不错。那段时间就会步行长长的河底隧道穿到格林威治村去买咖啡豆。格林威治村有著名的格林威治天文台，好多人围观排队看那条线。

还有段时间住在伦敦附近一个卫星城的公寓里，正是我们脑中可以想象的清清冷冷几乎没有自己个性但又很摩登、很现代化的一种公寓。住在高层，对面是一幢老实巴交的玻璃写字楼。因此，从周一到周五，可看见不同的英国白领们在那里的生存与挣扎、无聊与毁灭。

留学的时候，有一次在学校图书馆的咖啡室。我时常在那里消磨时光，因为环境不错。有咖啡和书，于是人生的很多希冀都能在那里满足。当时我在写一篇关于伍尔夫的文章，于是借了很多书，放在英国女孩常用的那种棉布袋子里，肩上背着一个自己的包和一袋子书，排队在学校咖啡馆买一份三明治和一杯 Thai Latte。Thai Latte 是一种我超喜欢的热饮，因为有肉桂。对于肉桂，我总是有一种莫名的情结。

我的前边是一个有文身的女孩。

我总是对有文身的人有一种莫名的崇敬，特别是他（她）的文身和他（她）本人恰到好处、相得益彰。

她是那种很有美感的瘦。沉黑色眼影，暗银耳钉，穿着一件无袖背心露出肩膀部分展翅的文身。

我也一直想给自己文身，而又不想随便文，总期待自己人生中发生一件不可遗忘、刻骨铭心的记忆，然后，夹杂着泪水、愤恨、杂感顺手找一家离自己最近的文身店去文自己第一个身。但那种“不可遗忘、刻骨铭心的记忆”一直没有出现。所以我一直是一个没有文身的不酷的人。

前边的女孩就是这样一个有极美文身的人。后来我得知她叫Rebecca。Rebecca当时在我前边排队买着一杯和我一样的咖啡，但仿佛是忘带零钱了，而学校图书馆的咖啡室又刷不了卡。

于是我走上前，对她说：“这杯咖啡我帮你买了吧。”

其实也没多少钱，举手之劳，帮别人免除尴尬。

她连忙说谢谢。然后我们拿着各自的咖啡走到一张桌子前坐下。她说给我你的电话号码吧，我明天把钱还给你。

我说算了吧就这么点钱，这杯咖啡就算我请你的吧。她笑了。我发现她笑起来是很好看的。然后，她说：“这样吧，下周二的同一时间，我们再在这里相遇怎么样？让我为你买一杯咖啡，然后，我们可以一起谈谈伍尔夫。”

我愣了一下，随后看见自己手中拿的《达洛维夫人》和她手中的《到灯塔去》。然后心照不宣地笑了一下。

我们聊了一会伍尔夫后散去，彼此之间没有留任何联系方式。

我心想在现在这个依靠社交网络和手机提醒的时代，谁还会记得一个礼拜之后的事呢？

然而，下周的同一时间，我记得当时我正坐在家里的窗前边看雨，边敲着论文。然后我突然想起了 Rebecca。我当时心里觉得好玩和好奇，心想我就去瞧瞧，做一个实验，看这世界上是否有和我一样奇怪的人，喜欢这种不合常俗的约定形式。

然后我就去了。到达咖啡室的那一刻，我赫然看见 Rebecca 笑靥如花地点了两杯 Thai Latte 坐在一个靠窗的位置。

她当时和她女朋友在校外一处绝美的花园地带租了一所房子。她的女朋友在布莱顿一家热门餐馆当女招待，收入 OK，由此供应着她们的房租。Rebecca 则负责账单和其他花费。她十八岁那年被母亲从家里赶了出来，逼着她独立。出生于一个大家庭，底下弟弟妹妹一个接一个，因此一满十八岁，总像给弟弟妹妹腾位，哥哥姐姐们都搬了出去。然后她在布莱顿一家老人院当护理，攒够了交学费的钱自己读大学。她跟我说她是在双层公交车的第二层认识了她现在的女朋友，然后她们就在一起了。

于是每周，我们就这样持续见面。我们一直没有留下其他任何联系方式，双方都觉得那样就刻意了，不随缘。

每周，我们碰面，互相倾诉着自己的人生故事、感情问题、学习上遇到的坎。我跟她说外国学生有时读英语的大部头真是吃力，永远赶不上你们以英语为母语的人的阅读速度。她说但是你们漂洋过来本身就是一件很了不起的事，我就不会任何一门外语，也没有机会去另外一个大洲学习。

不同的人生阶段总会遇到不同的问题。每个人都觉得自己的问题是天大的问题，而鲜少有机会，静下心来，倾听别人的问题，并试图帮助解决。无条件地帮助他人，真的是现在每一个人，应该尝试的一件事。

对于肉桂，一般是喜欢的人很喜欢，讨厌的人很讨厌，我的另一个德国朋友就完全受不了肉桂的气味。而同时喜欢肉桂和伍尔夫的人又少之又少。于是我很为自己留学期间能找到这么一个臭味相投的朋友而欣喜。

其实有的时候我们的要求并不高，但找到一个和自己灵魂相合的挚友，却如此难。

宿醉的时候喝 Expresso（一种意式浓咖啡），是一种对人生的拯救。半下午的时候喝拿铁，就是那么奢侈的有发呆的时光。冷的时候喝 Thai Latte 或任何加有辛辣香料的咖啡、热饮，捧着手中的温暖心仿佛也温暖。有一次我和朋友因铁路有人自杀而被迫被耽搁在火车站就喝的是这种。总之各种回忆如今回想起来都是难得，只可惜都已成回忆。

清晨。我走下铺着地毯的寂静无声的旋转楼梯，来到一楼的厨房。旋开 Digital Radio（数字广播），调到 BBC 6（英国广播公司第六频道），厨房的小窗向外望去是一整个山谷的景致，碧野葱葱，泉水潺潺，不知名的林间小道诡异诱人。

生命中，其实一切事情都是难得，因为生命本身就是难得的、转身即逝的。抓住生命中的每一刻，无限地活它。然后如果突然陨落或辄止，也不算完全白活。

无出路咖啡馆。无出路人生。

“无出路”咖啡馆

好的咖啡馆是一种荫蔽，一种自在，一种任何人都不在乎任何人看法的地方。

空气中有股咖啡的香味，暖暖的、人性的味道，不是那种俗气的、任何商业化咖啡店都有的气味，而是一种更深沉、繁复、难言、莫名、植根于灵魂深层的召唤。

奥斯汀在《爱玛》中说：“世界上有一半人的乐趣，另一半人不会懂。”咖啡馆或许就是这样一种“一半人的乐趣”。寻找一间咖啡馆，要咖啡好喝、无音乐或音乐清淡接近于无。我有时也在想我们对于咖啡的迷恋究竟是为了什么，味道、心绪、环境、节点……似乎任何一种元素都缺一不可。

之前和喜欢张悬的女权主义朋友坐在台北内湖她推荐的一家咖啡馆，那是一家离捷运站不远的店。夕阳将殁，最后一丝温暖的光照在我们身上。我们坐在户外有阳伞的位子上，云淡风轻，神态自然。秋天的落叶落在我们脚下。我们不说分歧，只谈人性。朋友作为一个有故事的女子喁喁诉说了许多。我有时在想我们的人生是否像烟火，迅速上升，然后猝落。

所有人的美好似乎都只有那么一瞬。

咖啡馆中透出的是台湾人那种于细节处常可见的创意，以及他们温柔的语调。我有时觉得台湾就是一个让人吵不起架来的地方，因为无论任何地域，当人没有那么多时，戾气必然减少。听张悬唱人生，空灵的嗓音回荡在店堂。

好的咖啡馆是一种荫蔽，一种自在，一种任何人都不在乎任何人看法的地方。

米兰·昆德拉曾说：“只有偶然的事情才可以表达一种信息。凡是必然发生的事，凡是期盼得到的、每日重复的事，都悄无声息。”有时一杯咖啡，是一定要在咖啡馆中喝的；有时又可以是在清晨的家中或午后的办公室里。之前在英国清冷的伦敦金融城上班，大家早上上班的第一件事就是去茶水间冲咖啡。二十层的透明玻璃窗外，我们所望见的是一种云山雾罩的阴绿色景观。异国的世界，很高，很冷。人在层层楼宇间看到了人生的无数可能性，又完全不知道怎样去实现。

有学者说大多数人喜欢咖啡只是因为一种心理暗示，它暗示你可以“清醒、高效”，于是很多人每天都要来一杯或几杯。

一个下雨的午后，英国切斯特城一条不知名的巷子。几千年前的青石板路铺得歪歪斜斜，一柄柄英伦黑伞挡住了各种忧愁。

那天我没带伞，半湿着推门走进一家咖啡馆，选择了一处靠窗的具有隐蔽感的座位。那家咖啡馆很特别，因为我当时没有点任何东西，店家就不声不响地送来一杯爱尔兰咖啡。

爱尔兰咖啡，我最早是在台湾作家蔡智恒笔下见到的。那时因《第一次亲密接触》而在大陆成名的他将这种咖啡饮品描述得浪漫至极，从此以后我就记住了这种加有威士忌、冬天时能让人立即感到温暖、号称秘方是一滴眼泪的饮品。有时，在寂静的炉火边也很适合喝一杯爱尔兰咖啡。既要清醒，又要麻醉，还需温暖，人有时就是这么贪心。

于是那天下午在切斯特一家不知名咖啡馆的爱尔兰咖啡，也似乎突然有了某种魔幻现实主义。外面雨声肆虐，人却能在那种异国的冷冽中寻到一处能立刻温暖的地方。那间咖啡馆的楼上是一家小旅社，只有三个房间，刚好有空房，于是喝完咖啡我就在那里住下了。那或许是人生中最给我一种“家”的感觉的咖啡馆，我暗暗觉得，它的名字应该叫“无出路”。

我在那里住了不短的一段时间。每天清晨起来，喝咖啡、写作、思考人生。切斯特这座英格兰和威尔士交界处的城市，有绕城一周的古罗马时期城墙、教堂以及一座绝美的公园。River Dee在城市脚下淌着深沉、静默的河水。

从此以后，无论在世界上哪个地方，我所希冀的都是这样一种“无出路”咖啡馆。那种，你可以无限写作不受任何拘束，不矫揉、不造作、不放任何诺拉·琼斯王若琳小野丽莎的地方。这些歌手我都喜欢，但是我真的不喜欢现在太多咖啡馆把她们放滥。

对一间咖啡馆来说，音乐极其重要。我是不喜欢那种音乐很大声、无限循环放过时流行音乐或把网上下载的“咖啡馆轻音乐”作为播放列表的店的。

安妮宝贝曾说：“每一个在深夜来到海边的人，灵魂是脱去衣服的孩子。”能听见海水声音的咖啡馆，也是一种纯净的奢侈。有时坐在这种海边的咖啡馆，只要景好，味道，也就顾不得太多了。

在异国的海边，我们将自己的皮肤晒得通红。早晨在面海旅馆的长廊里，喝一杯澄澈的咖啡。可以在这样的地方坐一上午，这才是旅游，而不是去俗气的景点，攒动人头。

朝阳的远方。一切只剩喘息。世间一切美好似都可化在这杯小小的饮品中。

有一次在咖啡馆二楼的一个房间，座位刚好可以看见窗外，阳伞下一个白人男子在默默地喝一杯双倍意式浓，仿佛在思考人生的样子。连这一画面都可以让我感到些许触动的。自然、不做作、不在乎别人的看法。

一间咖啡馆，咖啡好倒还罢了，如果它的轻食再好吃，那简直是一座天堂。有一次在布莱克浦一处小咖啡馆吃到了一种土司上抹的接近于青草味道的酱，一片棕色的全麦土司，被烤得焦焦的，对角线切开，抹上那家店特制的青色酱，再配合一杯温度恰到好处的手冲咖啡。一个愉快的下午。

我人生中很赞叹的市井智慧就是香港茶餐厅中那一杯杯冻咖啡或冰鸳鸯。我真的佩服茶餐厅师傅们的手艺以及常年摸索出来的经验。冷气开得很足的香港夏天，在人满为患的茶餐厅，有时坐在掉皮的老式火车头座位上，利落的店伙计端来一杯冻咖啡。怎么会那么好喝！那是真真不讲究咖啡豆产地、烘焙度的地方，人们用一种廉价的材料所调制出的饮品，却也能那么好喝。

站在文咸西街的晚间街头静静驻足，人生很累，但也有惬意的瞬间。如果你坚信自己，那么终有一天会实现。

有一次，曼彻斯特的一家花园咖啡馆也颇让我惊艳。那家咖啡馆真是在一座花园里。英国人喜欢在自己家里种花，因此几乎每一个社区都有一个卖花种子和各种盆栽鲜花的店。那家咖啡馆就是社区花店的一个附属。在栽满各种都铎玫瑰、蓟花和水仙的花房里，中间圈出一座圆形玻璃房子作为咖啡馆。有时花香就是有这种让人感动的天然力量。你在满室兰芳中喝一杯咖啡，阳光透过玻璃房子的顶照射在你面前的桌上，一个下午都在体会奥斯汀。

很多年以后，我们明白生活不是真的美好，所设想的也并非总能实现，这时就开始需要某种现实中的逃避。我喜欢那种作为“逃避”空间的咖啡馆，而不是供人谈生意谈业务的咖啡馆。在公共空间里把人生的一切“成功”说得很大声好使邻座听见的人，其心态昭然若揭。

“无出路”咖啡馆是我们寂静的人生空间，它或许有人，或许无人，或许是我们喜欢的任何一种装修风格、任何一种氛围。人生散落、生命过去，真正的孤独不需要言说，不需要诉苦。真正的孤独，是骨子里的血液。

我们每个人所要的咖啡馆是每时都不同的。有时需要一座寂静的屋宇。晚间，白兰盛开，钢琴声若有若无；有时又需要澳门那种最烟火的晚间排挡，两只黑漆漆的瓦罐在火上扑腾腾地煮着“瓦罐咖啡”，篷外下着亚热带的雨；有时又需要一座具有法式长窗的静谧空间，黄昏将雨，薄阴天气。

世上有太多咖啡馆，太多人生，只要我们始终清楚自己想要什么，就好。正如伍尔夫所说：世界已经高举鞭子，它将抽向何方？

鱼和薯条

这世界有太多无奈难以成全。有时候人生看似永远是一个“生活在别处”的过程，“别处”总是美丽，可“当下”却似乎永难成全，这是生命一个恒久的悖论。

食物也是如此。当我们在异国的，总会莫名怀念那些“中国”味道。馋虫之至，恨不能跨一扇门就抵达当初的饕餮；而回来的人，味蕾总会莫名蹦出曾经异国洋邦的那些吃食。很多在英国待过的人，最怀念的都是鱼和薯条。

鱼和薯条被誉为英国“国菜”，由经高温油炸裹着面粉的黑线鳕和粗薯条构成。这份很平民的小吃据说很早以前在英国就已出现，狄更斯的《雾都孤儿》提过，那是十九世纪的小说。二十世纪阿加莎·克里斯蒂的《七面钟之谜》里显示，现在伦敦繁华的陶腾汉路（Tottenham Street）以前是个贫民区，那里就有卖鱼和薯条的，并且“不太干净”。这和历史相符。伦敦最早的一批鱼和薯条店就集中在 Tottenham Court Road、St Pancras、The Strand 等区域。然而，鱼和薯条在当时虽被视为廉价，却也很受欢迎。《七面钟之谜》的男女主人公在跳了半个小时舞后，还吃了一份鱼和薯条才回家。在《奉命谋杀》里，阿加莎·克里斯蒂勾勒的伦敦街景也有“红色巴士”“地下铁”“鱼和薯条”。

鱼和薯条是刚炸出来的好吃。鱼的脆嫩油腻，配上薯条的厚脆酥糯，再辅以醋的酸度调和以及美乃滋酱的重新浇筑，一切显示出一种丰富的饱和感和同时因怕长胖而产生的负罪感，产生了一种“甜美的罪恶”。但这种“甜美的罪恶”在英国漫长的冬天里和热巧克力、加糖的茶一样极其诱人，都起一种温慰人心的效果。正如英国《每日邮报》的一篇文章形容，鱼和薯条有一种便宜却令人欢欣鼓舞的本质。

刚炸好的鱼和薯条出锅时，一定要先撒上盐。将英国特有的粗粝海盐颗粒撒在刚炸好的高温鱼和薯条上自然融化，最后配上快餐店特别调制的醋——和我们在超市中买的绝不相同，正宗的鱼和薯条的醋需经过一定比例稀释后才酸度适宜。在高温和快手的结合之下才能产生一包恰到好处的鱼和薯条，其间种种，必须多次吃过才能总结出一套自己最喜欢的添加方法。较正宗的鱼和薯条店在用 broadsheet（宽幅印刷品）纸包裹前还会用一层防油纸先包裹，以防大量的油渗到外层厚纸上。所以鱼和薯条包装的最高境界是只能在外包装纸上看到一点点油渍渗出而不是大片。打开以后，一股鱼和薯条特有的浓烈香气立即扑鼻而来。

最后呈现在我们面前的一整块炸鱼通常会显得很大，这时用刀叉是做作的和没有必要的，英国人一般都用手吃。你可以用手撕下鱼的一小块，蘸美乃滋酱或什么都不蘸，然后再吃一口薯条。

我留学时住在半山的一个英式房子里，山脚下有一家生意很好的鱼和薯条店。有时放学我会在这家买一包鱼和薯条，然后走得很快甚至接近于小跑地赶回家中，是为了防止薯条软。然而，一包鱼和薯条，能吃完一半就不错了，英国的鱼和薯条大都按家庭量制作，分量惊人。

一般来说，炸鱼和薯条的油用的是猪油或烤牛肉时滴出的牛脂，但现在英国一般的鱼和薯条店多用蔬菜油和花生油。也有用向日葵油的，但向日葵油在英国比前两者贵一些，所以成本较高。北方人民还是用烤牛肉时滴出的牛脂和猪油多一些。

我第一次吃鱼和薯条是在切斯特城的 Dee 河边。当时河水因晚霞的倒映而显示出一种完美调和的粉红色，河岸上天蓝色系的英式传统小餐馆内，一对矍铄的银发老夫妇表情安详地坐在窗边看《泰晤士报》，共同分享一份“鱼和薯条”。他们相对无言，但是偶尔眼神交流时迸射出的一种类似于岁月静好的温暖让人刹那间震惊渴羡。于是我和朋友也走进餐馆坐下，依样各点了一份“鱼和薯条”。那是 2012 年。

此后经历了悠闲的两个月假期，大学开学。十月的某一天，我坐公交去市中心买日用品，在车上听见后座两个中国男生一直在讨论怎样吃。一个男生说：“我每周必去学校附近 Stanmer Park（斯坦摩公园）的一家店吃鱼和薯条。你说鱼和薯条这东西也真是奇怪啊，第一次吃没觉得怎么样，然而隔了一段时间不吃却好像还挺想念的。”

这和我第一次吃鱼和薯条的感觉不约而同。偌大的英国彩色陶盘内，放着看上去过于巨大的英国炸鱼，下边堆着近乎笨重的金灿灿的粗薯条。英国所说的薯条是 chips，比国内常见的麦当劳或肯德基的薯条粗很多，并且要短。国内常见的“薯条”在英语中叫 French Fries，是法式薯条。关于 chips 这个词，《牛津英语词典》(Oxford English Dictionary) 中说最早是在狄更斯的 1859 年出版的《双城记》中出现，小说原文是这样的：“Husky chips of potatoes, fried with some reluctant drops of oil.”此外，鱼和薯条中的鱼是去骨鱼，所以没有鱼刺，吃起来很方便。

“炸”这个词，在英语里叫作 deep fry，法语中为 frire，德语则写成 frittieren，这几个词的大意都是旺火多油。老外的做菜方法看似枯燥简单，但其实不同时间和火候的炸也可出现香、酥、焦、脆、嫩的不同口感。鱼和薯条作为英国“国菜”常年受着欧洲其他国家的鄙视，因为看上去似乎太没有技术含量。欧洲有一句民谣说“法国人活着是为了吃，英国人吃是为了活着”。我刚到英国的时候，国内朋友也无比同情我在英国的饮食。不过鱼和薯条的做法，虽然技术含量不高，但它包含了很多英国社会的变迁以及作为海洋大国曾经的荣光，所以有很多难以道明的历史内涵。此外，英国的冬天寒冷漫长，这种油腻、高脂肪、令人充满饱腹感的食物很容易让人产生依赖感和安慰感。无论如何，英国的早餐是极好的，作家毛姆就说过，“如果你想在伦敦吃得好，请每天吃三回早饭。”

人生，是一个不断得到和失去、再得到和再失去的过程。在这反复的得到和失去之间，日子仿佛也就这样过去了。也许有人不会懂得中国的胃何以对一种异国食物有一种错综复杂类似于乡愁的感情，但那某种程度上代表了一个人在那个国家的回忆。

亦舒的小说也多次提到华人到英国大都开鱼和薯条的店维持生存乃至累积家产。由于没有多少技术含量的操作，聪明的华人到海外以后迅速繁荣了当地餐饮产业。我曾经住在伦敦东部的泰晤士河沿岸，有一家中餐馆，就兼营鱼和薯条以及广东菜外卖，将粤菜中的咖喱浇在刚炸好的薯条上，居然得到了当地英国人的一致欢迎。鱼和薯条中用面糊裹鱼，和日本的天妇罗、中国宁波的面拖黄鱼有相似之处。

鱼和薯条同英国的工人阶级有着重要关系。有专门的一本书叫 *Fish and Chips and the British Working Class, 1870–1940* 来论述它。十九世纪，那时的工人阶级大都没有空做饭，所以做好即能拿走、走在路上就能吃的鱼和薯条很受工人阶级的欢迎。到了 1910 年，全英已经有了约两万五千家鱼和薯条店。此外，鱼和薯条于英国在北海用网捕鱼兴起后而大幅度流行，这和当时渔业的振兴有着莫大的关系。

英国一份有着较为明显的对过去日不落帝国时代怀念的杂志 *This England*，1968 年有这样一篇报道，说鱼和薯条是最具英国思乡情结的一种食物。英国的 Scweinessen 教授认为，鱼和薯条这两种物质就像火腿和鸡蛋一样，是“一种天生的绝妙搭配”。

晴朗的夏天，一群肤色、国籍、文化各异的青年人，相约在布莱顿市中心的海滩，嘻嘻闹闹地去那个城市最有名的鱼和薯条店，买几包用粗糙白纸熟练包裹的香气四溢的鱼和薯条，提几打冰啤酒，在布莱顿著名的硬石海滩上席地而坐。吃、喝、聊天、欢笑、分享，还要提防旁边肥大的海鸥过来抢食。这是一份鱼和薯条所能营造的英国留学生涯中的一枚鲜明亮点。

我们在国外的那些“吃”

那些年，呼啸在我们耳边的，除了异国的风景和异国的人，还有我们吃过的种种食物。吃，承载了我们太多回忆，也无端定义了我们的“现在”。

记得以前一个 GRE 老师曾经说，一个人的胃，在他（她）七岁以前就已经注定。七岁之前你生长在中国，那么，今后无论你如何行走，你的胃都将是中国胃。

这句话，可以说对，也可以说是完全错误的。

清晨的海边，我步行去一座沿海小餐馆吃早餐。翻滚的深蓝色海水在白色日光的照射下显得很有希望的样子。我觉得这是布莱顿海水最蓝的一块区域，因此分外喜欢。

窗外，穿着洗得发白的牛仔裤的少女，背着超大布袋包经过，散乱的金色长发、迷茫的眼神、手中胡乱抱着的各种课本和文件夹……英国女孩似乎总能具有这种随意美，Topshop 的衣服也能搭得很特别。

我点了一杯黑色咖啡，配合着金黄色松软的炒蛋，平静地吃着。望着海平面上几乎逼近成一条直线的天际，海鸥翔翔落落，突然觉得人生也可以是一件很舒展的事，如果可以天天看见不一样的景色、面对不同的窗口，将是多么美好。

学校的餐厅几乎没有任何可取之处，所以没过多久很大一部分人就放弃了，那里唯一可取的似乎只是传统英式早餐。而学校的酒吧却是一处不错的吃东西的地方。上午两节课结束，十一点左右，一行人浩浩荡荡地去人烟稀少的酒吧，每人点一份汉堡配薯条，或经典的鱼和薯条，再喝一杯健力士黑啤，也是一件没有人评判你的事。一群人吃吃喝喝然后打桌球，寒冷漫长的英国冬天似乎就没有那么冷了。

有人说英国的料理是“黑暗料理”，其实完全不是那么一回事。以前在伦敦附近的一个小城，有一家宁静朴实的小酒馆，我们几乎每次都是在下午两点左右的时候过去，点用当地农场拉来的猪肉做的一种咸猪排。粉红色的肉，恰到好处的嫩度。那种香，是猪肉本身的香，和任何添加剂、嫩肉粉、着色剂都无关。我的一个朋友感叹回国后煎牛排就再也煎不好了，“因为里边太多嫩肉粉。”她说。

小酒馆里的 Diet Coke 也似乎比一般外卖店里的好喝，因为他们都是从那种“枪”里将 Diet Coke 喷进一个装满冰块的透明胖玻璃杯，并且总是恰到好处地加一片黄色柠檬。

我有的时候看外国人做菜会觉得他们的做法真简单，但做出来，却是好吃的。虽然中餐的烦琐也终是值得，但是不由得思考我们是不是在厨房里花了太多时间。

有一次去一个朋友家吃饭。他在市中心有一个景观极好的位于二层的公寓，室内装修和家具几乎都出自他本人之手。全白色调的装饰，或许是由于他来自希腊。走进厨房，我们发现他居然正在做“甜猪肉”。将猪肉切成丁状，裹了蜂蜜丢进平底锅里煎，没有任何配菜。煎好后，他就拿出几个雪白的碟子将“甜猪肉”盛在里边，一一递给我们。

我们去他客厅的地毯上席地而坐，他家里是那种古老的黑胶唱片机，选了一张爵士乐唱片，当场播放起来。

我皱着眉头吃下第一口“甜猪肉”，已经做好了最坏的准备，但是相反地，味蕾却在瞬间惊喜，然后我脑中就开始出现像《中华小当家》里那种一块猪肉在舌尖上跳舞的画面。这么简单粗暴没有任何技术含量的菜，居然也能如此好吃，这让我再一次体会到饮食是一件没有道理的事。

有一次我们去七姐妹悬崖那边郊游，相约每人带一份午餐。我的朋友是那种非常专业的野餐族——有我非常羡慕的那种野餐篮子。我们几乎不约而同地带了三明治，她的德国风味三明治和土豆沙拉让我至今难忘。最赞的是她的土豆沙拉，我曾建议她可以去周末市集上卖。

买英国那种极小的土豆，约鹅卵石大小。切成块状，最妙的是她的蛋黄酱——不是外边买的，而是自己做出来的。她跟我说是用手工方式将一个个生鸡蛋的蛋黄和蛋白完全分离，然后将分离出的蛋黄倒入小锅内，不停搅拌，加些许海盐——她特别强调一定要是海盐，然后就制成了自家手工烹制的蛋黄酱。将这样浓郁天然的蛋黄酱浇在煮熟、切块的小土豆上，再将味道比别的洋葱更浓的紫洋葱切碎撒入大白碗内，用木勺充分搅拌。待蛋黄酱、土豆、洋葱水乳交融敌我不分时，在表面潇洒地撒上一捧粗海盐颗粒。

这种土豆沙拉，是我目前为止吃过的最好吃的土豆沙拉。口感浓郁到极致，又包含着德国人的厚道、诚信、不弄虚作假的性格。洋葱的辛辣刺激点缀得恰到好处，最妙的是最后撒入的那一撮海盐，给人不均匀的、锋利的、充满锋利意味的口感，成功地让这道菜在外表的平庸中多了一丝洒脱不羁的自由风。

从此以后，我的蛋炒饭也是这么东施效颦地出锅后才撒上一层海盐，但除我之外没人觉得好吃。

国外的午餐一般吃得很简单，因为对于他们来说，中午的一餐，只是单纯为下午的工作或学习补充体力，如果中午吃得太丰盛，则一整个下午也就懒懒地混了过去。于是他们中午几乎就是在各种三明治中度过。但在“三明治界”，也有着三明治的哲学。

最懒最笨最怕麻烦的人其实就可以做 PB&J（花生果酱三明治）。这一吃法来自美国，但在英国也颇普遍，买一瓶花生酱和一瓶果酱就能搞定。取出两片切片白面包，一片用刀抹上花生酱，一片抹上果酱，两片面包“啪”地一合，就成了一个简单美味的 PB&J。不过据摄影系的一个美国同学说，正宗的美国 PB&J 其实用的不是 Jam（果酱），而一定要是 Jelly（果冻）。

房东太太给我做过的一个香蕉三明治也颇好吃。做法也很简单，就是两片切片面包上各抹上浓重的花生酱，然后将香蕉切片均匀地放在铺满花生酱的面包上，再合起来即可。房东太太说香蕉里含有钾，吃了对身体有好处。然而我们每次洗完澡后她都会进浴室检查地上的长发有没有捡干净，有一根都不行；用过灶台以后，会逐寸检查上边的油渍有没有完全清除。

“Have a life.”（可以去过自己的日子吗）我经常这样对她说，然后没过多久就搬了出去。

我的一个英国室友教我做一种香肠番茄酱三明治。用两片全麦面包，注意，一定要那种棕色的全麦面包。先在平底锅内倒入油，放入两个香肠煎，待香肠煎得差不多但还没有完全能出锅之际，将两片棕色全麦面包塞入烤面包机。再取出平底锅内的香肠，对半切成两半。紧接着烤面包也适时蹦出。取出来，将四片热热的煎香肠放在一片烤面包上，然后挤大量番茄酱滴在香肠上，最后将另一片烤面包盖在其上。我第一次看她这样弄，心想能好吃吗？后来也学着做了一次，居然不赖。香肠的肉味，表皮的脆，再配上大量番茄酱的酸以及全麦面包的中和，甚至可以称为好吃。最重要的是懒懒的我又学会了一种简单吃食。

英国的香肠太软，肠衣太薄，似乎只能煎着吃。我有一次试图做香肠炒饭，将在当地一家有名的肉店买的香肠在砧板上开始切时，发现一切即散。于是香肠炒饭最后只能变成碎肉炒饭。

我有一年的圣诞是在康沃尔郡的一处庄园度过的。早上吃他们自己做的黑面包，配他们自己做的柠檬酱、柚子酱。柠檬酱不很甜，清新喜人、毫不做作。每次吃，就感觉像给口中做了一次水疗。柚子酱厚重浓密，破碎的柚子表皮清晰可见。而最值得一提的是他们做的黑面包，如此密实、诚恳、朴实。吃过那场黑面包以后，我才知道所有超市买的面包都是浮云，因为真的添加了太多化学物质。

庄园的咖啡清澈到没有一点渣滓，这是磨咖啡豆的粗细程度和滤网缝隙大小的一种完美契合。清晨，就是在一阵阵马蹄声和这样的咖啡中被唤醒。

所有人都恨英国圣诞夜的圣诞布丁。大块黑色的面体，上浇白兰地，然后点火。在熄灭灯的圣诞夜，很绚丽。切好后端到每个人面前，然后再蘸甜到无羁的白色糖霜。所有人都恨这种食物，甚至很多英国人自己都不喜欢，但我却觉得蛮好吃的。白兰地燃烧后形成的略苦微甜的焦糖味，再配合极厚重的白色糖霜，所谓“一甜遮百丑”。

这个农庄的主妇是新西兰人，晚年嫁了一个英国人，移民英国，目前拥有一处农庄和周围的一片土地。可以说是嫁得比较成功的，于是在饮食方面，她尽自己所能地学习当地吃食，迎合丈夫。她的 Sunday Roast（周日烤肉）也做得很好吃。

中国人似乎无论走到哪里都是一个“吃”。有一次，我去湖区——到目前为止我都对湖区超热爱，每次去都想撑一把黑色长柄伞在绿色草坪上漫步——那次我坐在游轮上，望着两岸不时闪现的古老乡间宅邸，都铎式、乔治式、维多利亚式……每一座，都那么恰到好处地配合着周围的景色以及面前的湖。我就那么望着，同时不断遐想华兹华斯和柯勒律治当年的感受。

这时，我突然听见旁边一阵窸窸窣窣声，紧接着，普通话的谈论开始不绝盈耳。

是同胞在讨论吃什么。他们中一个妈妈模样的人拿出一大塑料袋茶叶蛋，在木质长椅上开始磕，然后剥起蛋壳。酱油的汁滴落在她的手上、小孩的嘴边、甲板上，她一边孜孜不倦地剥着，一边递给各家庭成员一个个具有中国特色的茶叶蛋。

我回过头继续望着远处碧绿透青的湖区景色。

过了一会儿，又是一阵窸窸窣窣声，只见她拿出一个 Tesco（英国著名连锁超市）袋子。“吃巧克力吧！”她说，“哎呀，这边的这种巧克力比国内便宜多了啊！”她忠厚地感叹道。于是一个巨大的金字塔状巧克力被拿了出来，全家人吃过茶叶蛋的手又在掰着巧克力。

过了一会儿，她不知从哪里又变出一袋橘子。瞬间，柑橘的香味，弥漫在宁静湖区的上空。

我前边的一对韩国夫妇，彬彬有礼，说话极小声。那个妻子，长得特别美丽，并且不是那种招摇的美丽，而是那种娴静的。看得出来，丈夫极宠她，一直轻轻地拉着她的手。他们给人一种强烈的岁月静好的感觉。他们坐在我前面，视线正对着吃东西的同胞。就在同胞们吃完橘子又拿出了榨菜的时候，那个妻子突然回头看了我一眼，心照不宣地笑了一下。我礼貌回笑，一面将手中“中文”字样的景区讲解手册，悄悄塞进包里。

只有出去过的人才明白一场火锅对于海外华人的意义。无论彼时我们是什么心情，怀有什么样的心机或人生、未来和落寞、前途和未卜。寒冷晚间，一次火锅，当各种涮菜、羊肉片、在英国较贵的金针菇……被不同筷子一次次扔入翻江倒海的滚烫和浓烈时，一切，仿佛就在那一瞬间瓦解了，只剩“饮食男女”。

当我们在外，时间一长，异国的新奇已不足以抚平我们的心，深层次的语言表达欲被阉割，现实的寂静以及不可连缀、难以形容的落寞感开始出现。那时我们唯一能做也似乎是现实生活中唯一能“控制”的，就是“吃”。

今天，海外华人当然已经没有了“北京人在纽约”时代的赤裸裸的羞辱，但那种“很难成为主流”的感觉还是异常鲜明。文化冲击是一种真实的钝痛，但有时我们所需做的，或许只是接受它、研究它，然后摆脱它。

国外的风，有时很清新很美好，有时很落寞很寒冷。夜深人静时，我们的胃所发出的信号，却异常清醒真实。

下午茶迷情

我们的生活，或许朝九晚五，或许隐居恬淡，或许大富大贵，或许小富即安。然而这一切，都只不过是人生而已。

留学时，有个朋友是校园 DJ，邀我做过几期广播节目。第一期节目，他请几个外国留学生谈一谈他们在英国感受的文化差异。那天中午，我们随着他前行，才发现学校广播室实际位于一幢学生宿舍里。我的朋友本来和其他几个同学一起负责全天候的新闻滚动播报，后来经多次争取，终于得到了中午的一个时间段，用来做自己的广播节目。

那天中午，在英国常见的牛毛微雨中，我们一行人“随风潜入夜”般走进学生宿舍。朋友忘了带大楼的门牌，所以我们随便按了一个宿舍的门铃，一个好心的黑人男生为我们开了门。走进大楼，七拐八拐，我们终于来到了所谓的广播室。一推开门，我立即震惊于墙上丰富杂乱的涂鸦。因为这所大学的建筑，表面看上去中规中矩、四平八稳，没想到内里却潜藏着这么丰富奔腾的精神世界。然后我们走到广播台前坐下。一段音乐过后，朋友开始问：“你们觉得英国人为什么那么迷恋他们的‘一杯茶’呢？”

这个问题像一块小石子丢入一潭水，立即引起一轮激烈的讨论，因为大家都目睹了太多英国人对于茶的迷恋。

我的房东太太十二岁时移民英国并花了毕生精力试图融入西方以证明自己和英国人没有任何区别，她觉得自己西化得很完美、很彻底，所以，她形式感较强的“英国化”有时比正统英国人还要刻意。

她微胖而严厉，甚至规定我们晚上回家的时间必须在十二点以前，因为晚了怕打扰她的睡眠。我们几个女孩子在她那所花园洋房没住多久就分别搬了出去。

几乎每天下午四点，她腿脚不便的胖乎乎身躯都会从三楼主卧室准时下楼，进入一楼具有维多利亚风格凸肚窗的起居室。拧开广播，调到BBC 4（英国广播公司第四频道），然后再颤颤巍巍走进厨房，用那种最普通的电水壶烧一壶滚水，将一包Earl Grey Tea（格雷伯爵茶）的茶包以及大量的糖放入粗陶茶杯。几分钟后，水开，她将滚水浇入、搅拌均匀，然后再从冰箱里拿出浓浓的全脂牛奶倒入。

一本心理学期刊上的文章曾说，喜“多糖多奶”的人大多具有贪心型人格。房东太太其实不甚缺钱，但还多年骗取政府的残障救济金，也会隔三岔五“讹”房客一些小钱。用了很久的托盘裂开了，她会说是我们弄坏的，硬要赔一个全新的；立陶宛女孩搬走时墙上脱了点皮，其实就是正常的老化，她非要别人赔了五十镑……

她的下午茶，有时会独自坐在窗前，一边窥视邻居的举动一边大腹便便地喝着；有时会邀请一帮大妈朋友共同来喝，互相分享社区邻居的最新闲话。

在这个沿海的半山社区里，邻居们几乎都相互认识，表面看上去一片和谐，但往往这种下午茶就是谣言最初的滋生地，就像阿加莎·克里斯蒂在《马普尔小姐》里描述的那种下午茶场景一样，而房东太太在当地“下午茶闲话界”无疑占有举足轻重的地位。

她那时正处于张爱玲《色·戒》中的易太太那样尴尬的年龄：既像贾府老太太那样喜欢一群年轻漂亮的女孩子围在身边，又忍不住嫉妒，因为毕竟还不够老。于是她对房客极挑，而自己俨然像一群人的妈妈和女王，牢牢“统治”着她屋檐所及区域。房东太太脾气喜怒无常、阴晴不定，有时会为我们做各种三明治、Sunday Roast（周日烤肉）、煎牛排；有时又会大声训斥某个人锅没有刷干净、卫生没有打扫、关门太大声。更扭曲的是，如果哪个女孩交男朋友了，回家略晚些她则会表现出类似于嫉妒的情绪，脸色完全沉下来。

离婚而没有子女，所以，对于她来说，下午茶是她人生中重要的组成部分，用廉价的茶资可以换来无数闲话、意淫以及不负责任的恶毒评论。

当然，这只是我遇见的一种极特殊情况，大部分英国房东是非常友爱的——曾经有一个房东甚至免费开车帮我搬家至另一座城市。同样，大部分英国下午茶，也都是愉快而温暖的。

一个布莱顿当地青年曾带我去了北街附近一家特别隐蔽的小茶室。油腻漆黑的招牌，使我完全忘了看店名。它的一楼很窄，大多数客人集中在二楼和三楼。推开小茶室的门，一股甜腻温暖的气息立即扑面而来。我一直不太喜欢过于甜腻的味道，有一种荼蘼的眩晕。

那天，由于特别阴冷潮湿，我点了一杯热量惊人的热可可，朋友则点了一壶薄荷茶。付完钱后我们沿着吱呀有声的狭窄的旋转楼梯向上爬行。来到三楼，我惊异地发现那里没有一个座位，全是铺在地上的榻，榻与榻之间放着一只小矮桌。这一瞬间让我觉得有近代中国鸦片馆的感觉。然后我们就在各自的榻上半卧，这时我才知道茶馆里甜腻氤氲的气息来自周围很多人正在抽的土耳其水烟。那种烟的味道就很甜腻，并时常让人有昏昏欲睡的晕沉感。

看过《辛普森一家》电影版的人应该都记得弗兰德为巴特调的那杯热可可。程序繁复诱人，那几乎代表了一杯热可可或热巧克力的最高境界：一定要有悬浮奶油、半块威化饼干和棉花糖。我当时在无名茶室点的就是这么一杯热可可。在寒冷英国的那个飘雨的午后，我捧着这么一大杯甜蜜温暖，轻轻一抿，心也仿佛瞬间暖融融了。

有个朋友住在曼彻斯特的一个富人区。据说贝克汉姆曾经的房子就在那里。在那个社区，有个会计师朋友将自己的房子设计成童话故事《三只小猪》里的那种茅草房，特别梦幻。有一次我们被邀去他家喝下午茶——人烟稀少的社区似乎总会有一种淳朴的好客热情。

那是一个难得的午后晴天。在他家碧绿草坪的白色圈椅上，我们用他家祖传的瓷器喝下午茶。比较奇怪的一点是，配下午茶的是他的厨师做的生煎碎牛肉。剁得很碎的牛肉粒，只将一面煎熟，旁边配上煎得金黄炸开的小马铃薯，微生的牛肉上铺一层厚厚的洋葱。吃一口牛肉洋葱，配上外焦内糯的煎马铃薯，喝一口清而轻的多塞特郡茶，真是一种奇异又不违和的搭配。会计师的宅邸在山谷中一处制高点，正是中国园林建筑理论中“有亭翼然”的地方。

当时夕阳西下，碧绿的青草被镀上一层金黄色彩，展眼望去，是那种英国特有的一望无际的奢侈绿色。喝着杯中似重又轻的茶，我脑中突然蹦出两个汉字：舒长。

当时比那下午茶更难得的是一种“人居”的境界。在乡下喝下午茶的感觉完全不像城市，因为你视野所及之处，都是绿色。世界可以延展得纵阔，并且迷离处的天际几乎是粉蓝色的，粉蓝中又蕴有一点微青。

我们的生活，或许朝九晚五，或许隐居恬淡，或许大富大贵，或许小富即安。然而这一切，都只不过是人生而已。我们每个人自己选择的人生。

张爱玲在《谈吃与画饼充饥》中曾说有一种西点叫“司空”，我去英国后才明白那原来是 scone。张的翻译也太美，并且司空也正如张爱玲所说“比蛋糕都细润，面粉颗粒小些”。司空是英式下午茶不可缺少的一个主角，我个人认为一定要抹上奶油和果酱方是完美的。虽极甜，但也不甚腻，有种“天人合一”的贴合。第一次吃司空是在伦敦附近一个几乎没有任何特点的小城，当时窗外是灌木丛、晚霞以及一种前途未卜、惺惺相惜的背景。那顿司空配下午茶是我在英国一个极好的女性朋友推荐我吃的，所以至今仍难忘。也是这个朋友，让我体会到很多英国美食以往没有发现之处，并中西结合地做了很多菜给我吃。海内存知己，大抵也就是如此了吧。

一个人的生活，可以很大也可以很小，小到在意每一件事，大到很多事似乎都不再重要。抓住那些能真正让你快乐的瞬间，然后，试图无限重复它吧。

日本食

年长日久，生活总不免让人失望，唯有食物，却呈现出一种越来越美好的趋势。

铁锅煎饺

乌黑的泛着油渍的铁锅上，卧着盘龙状一圈圈肥胖白嫩的饺子。油泛起，沸腾地煎着，直至于饭堂深处闻到垂涎的香味。穿和服的老板端上来，置于一种日式深紫色陶盘中呈给你，清澈的醋一掠而过，缀上泛红星的辣椒末。

深夜中，一盘铁锅煎饺，就像海边一座孤独的灯塔。于夜空中，格外明亮，格外令人向往。

它和中国煎饺就像一对双胞胎，虽然外表相似，可仔细交往下来，却让人发现那是两个完全不同的个体。这种酷似又迥异，茨维格曾经用过，如今用来比喻日式铁锅煎饺和我们的水饺，真真是再恰当不过。

或许醋也是不同。日本的醋我觉得更淡些、更缥缈些，但也有可能是我吃饭的这家馆子特意调过。店门口的布帘于东京微凉的夜里飘着。这家在宁静小巷里的小吃餐厅，外观低调，且附近都是公寓，不是热闹的商业街。新宿的热闹在不远处嘶吼，突然想起一部日剧《陪酒须加学园》，少女的伶俐张扬，于黑暗中涌现。

还有一部大叔主演的美食日剧《侠饭》，讲述两个“黑社会”和一个大学将毕业的废柴住在一起的日子，其中也专辟一集讲铁锅煎饺，其烹饪过程尤其让人饿得眼眶泛泪。狠辣爽烈的烹饪风格，刚好配合主角一身侠气的特质。

这种食物适合做夜宵吃。夜半时分，刚刚结束加班，上班族在回家的路上吃一盘铁锅煎饺，胃暖了，则心也没有那么凉了吧。

烤炙牛肉饭

东京有一家非常有名的吃牛肉的地方，源自神户的牛肉料理餐厅。用餐时分往往队是要排到店门外还要转圈的。于高田马场地铁站下车，走路可以到达。

一日晚间十一点，我被人带去吃，在门口买了各自想吃的那种饭的食券，走进刚刚有空位的店堂。

四个刚出来的中国留学生用中文说着些什么，一个个脸上一副意犹未尽的表情。

粉红色、极薄的牛肉片，小山似的堆在雪白的大米饭上，上面静静地卧着一个经过严格检验的生鸡蛋。我学着旁边的日本女生，用紫檀木的筷子尖将生鸡蛋在“火山口”和牛肉缓缓陷入。不用太刻意，只缓缓地，在生鸡蛋处、牛肉山顶端挖一个小小的洞，让鸡蛋缓缓融入滚热的米饭。再用筷子夹合着生鸡蛋、牛肉、米饭，凌空送入口中……

我觉得自己似乎从未吃过这么新鲜、细腻并夹有脂肪的鲜牛肉，爽滑可口。蛋黄，是几乎用筷子也能夹起来的那种饱和。那一刻我觉得自己就像站在火山口边缘欣赏一轮深刻的明月，一种火热和恬静并存的感觉。雪白的米饭配合着鲜红色的牛肉片，那种画面感极其冲击人的视觉。

日本尊重食材本身的味道，所以各种刺身屡见不鲜，除了我们已经知道的那些，连鸡肉、羊肉都可以用来生吃。《孤独的美食家》我们看了那么多集，是不是还是五郎吃肉的时候，让我们看得最爽？

拉　面

非常喜欢日本的拉面。非常。

白而浓厚的豚骨汤中游走着软硬适中的手工细面。好吃的拉面店，面都是混合着自己家汤料所制成的自制面条、两片现烤得吱吱响的猪肉或叉烧，置于浓厚汤底的面上，旁边豪撒京葱，并配以三片干海苔。还有蛋黄微呈液体状的卤蛋，被切成两半——一定要是半熟蛋。值得一提的是，有些拉面的汤底会漂浮着“背脂”，即猪背部的脂肪，呈现出一种独特的絮状浓厚。虽然它属脂肪，据说却有排除不好的胆固醇、抑制动脉硬化的功效。

有些拉面店会于面中放一种焦蒜头油。这也是熊本拉面主要使用的香味油，依炸蒜头火候不同有茶色跟全黑两种，从而形成浓厚豚骨汤配苦香味的味道，辨识度极高。同样的效果，有时也用煎大蒜片来替代。

日本人对于拉面的热爱已成为一种集体文化现象。在横滨，有拉面博物馆，地下楼集合了九家来自全国的著名拉面店。建造这座博物馆本身就是本着“不用坐飞机也可以遍尝日本各地美味拉面”这一宗旨。然而，就算如此，相信很多人还是会宁愿寻找那些街头巷尾、门面不起眼、食客不多不少的属于自己的拉面店。

平价、易食、亲切、热腾腾，这是日式拉面吸引人的最初原因，也是很多人最终成为“拉面狂热者”的不可避免的因素。汤底构成的不同、面条的千差万别、配料材料的不同、做法的迥异……使得几乎每一碗拉面都是特别的。

天妇罗

天妇罗或许是日本平民美食中最经典的一款。最好找那种家族经营、位于温泉场附近、店主不会英语的店，往往味道极其正宗，氛围极其温暖。

我于神奈川县一家温泉场附近，误打误撞走进一家天妇罗店，要了一份天妇罗定食。旁边位子上坐着一个僧人，不知是不是我刚刚路过的附近寺庙里的，异常活泼，一边和桌上的其他人热烈地说着什么（完全听不懂），一边喝着酒。

不知为什么我看见日本僧人总想起一休哥……

也许是觉得自己太吵了吧，他们用英语跟我道着歉，僧人遂递过来一碟盐烤白果，非要让我尝尝。我礼貌性地拿起一颗，僧人究竟不依，非要待我抓起一把后，才微笑着缓缓收回碟子。

紧接着，炸天妇罗套餐就上来了。

Oh！ My！ God！

新鲜的茄子被切成了片，炸得通体金黄，再配合着旁边小碟子中的酱油以及芥末……真的要有久炸天妇罗的经验，才能形成这么脆的口感。我望着厨房窗子内穿和服的日本老者，正一丝不苟地将一只大虾投入滚滚油锅。

天妇罗中最经典的当然是炸大虾。新鲜海虾被裹在轻薄面衣之下再深深一炸，并且呈上来以后，油沥得极净，吃完以后完全没有给人油腻的感觉，再配上滚热滚热的白饭，以及一杯五郎常喝的冰乌龙茶，不好吃，几乎是一件不可能的事。好的天妇罗店，虾的分量往往极足，不像有些不知名小店，用很小的虾裹上很厚的面衣。

海鲜饭

在早稻田大学附近一家就叫“寿司”的寿司店，吃一份海鲜饭。

《挪威的森林》中最让我们感动的是那种年轻时的友情以及难以名状的爱情。可是曾经就读于早稻田大学的村上春树，其作品中的吃食大多洋化，于是我不知道他有没有吃过这家看上去很老的寿司店。

总之，食材新鲜得令人可喜。

因为是做寿司用的米饭，所以那碗海鲜饭会略有些酸味。但是三文鱼刺身清脆爽口、金枪鱼红润可喜、扇贝肥白幼嫩，最难得的是其间的甜虾。我能吃出这是今晨刚刚从东京筑地市场运过来的海鲜，不仅肉质鲜嫩达到一种黏稠，而且当我凑近虾头的那一刻，一种海洋的咸腥味立即扑面而来。

真是用料纯正的海鲜啊！

木质柜台后，兢兢业业的老夫妇正给面前的客人呈上一份单人寿司。而更让人感动的，是他们不经意间默契温暖的相视一笑。

“不明白所有大风大浪、尔虞我诈、口蜜腹剑，我人生最大的梦想，是和你在一处宁静社区开一间小小的寿司店。”

冰啤酒

日剧《侠饭》中说，罐装冰啤酒是一定要倒在玻璃杯里喝的，因为泡沫能起到一种氧化的效果，使得刚刚倒出的啤酒异常爽口清洌。

这也解释了为什么在日本的爵士乐酒吧，端来的冰啤酒是一定要配上一个杯的。在习惯了英美直接对着冰玻璃瓶喝酒的文化后，我又开始尝试这种日式喝冰啤酒之法。虽然当年村上春树去海边是和同学直接喝易拉罐里的冰啤酒的，但不知为什么，当我把札幌生啤倒入玻璃杯，再送入口中的那一刻，却觉得真的比从罐中直接喝，好喝了许多。

夜晚，在酒吧喝美酒，放大音量听波萨诺瓦。音乐在人生中拥有非常重要的作用，这一点和美食、酒精以及一切使我们高兴的东西都很相似。有时，听某首爵士乐的瞬间你发誓那让你回到了深夜落雨的欧洲街道。当一切美好在我们生命中呈现时，我们并没有特别珍惜，而每每重新回忆时，才成为一种绝难塑造的经典。

宿　醉

有时一个人去海边，带一桶冰啤酒。从黄昏坐到黑夜。也不得不说是一种净化般的享受。

原来 Tequila 是仙人掌酿的。

我的一个朋友曾对我说她在澳大利亚碰到了一个极英俊的男子，可是他唯一的缺点就是整天都沉浸在酒精中。交往日久，一次晚间，她在烛光的熹微中问他："所以，你到底为什么整天都需要喝酒？"

那个深褐色头发的男子告诉她："因为，亲爱的，如果不喝酒的话，我的肝都在疼。"

If I don't drink，my liver hurts.

当然，酒喝多了还是伤身的。喝酒最高的境界，应该是没有宿醉。

亦舒曾说，这年头小气的男人多，不上路的男人多，自以为清高的男人多，故此女人受玫瑰花的机会越来越少。而她笔下的女主角，是必然成天把克鲁格香槟当水喝的。于是我有的时候想，酒精，究竟是否是人生唯一的答案？无论怎样，它的不可或缺性以及微醺间的刹那美妙，都会让你觉得它是一项多么伟大的发明。波罗喝苦艾酒，海明威喝马提尼，灰原哀喝和她名字相似的雪莉，爱伦·坡在小说中描写了一个为喝罕见的白葡萄酒而被活埋的男子，这一切的一切，有时会让我们觉得，人生，充满苍漠，而酒精，是一种朦胧的美好。

有时我们在和朋友喝酒的时候，那样畅快，那样无羁，那样互相间的感动。然而，喝酒也是要找对的人的，和不对的人在一起，往往变成一种无聊。

我以前特别喜欢看那种晦涩难懂的文艺片。在半夜空无一人的客厅，坐在冰冷的地板上，闻着空气中白色百合花的香味，这时配一杯加冰的威士忌就是一件很契合的事。血液因为酒精的沸腾而冲撞，可是整个客厅中最凝重的，却是我们灵魂深处的孤独。

安妮宝贝说她最喜欢村上春树的《且听风吟》中的那种深夜去大海边默坐的男子。

有时一个人去海边，带一桶冰啤酒，从黄昏坐到黑夜，也不得不说是一种净化般的享受。

当年，Amy Winehouse（英国女歌手）连用几个“black”在歌词里诉说了男友离自己而去后的黑色心情。所有感情上受的伤似乎都能达到这样的效果——它能让我们在一瞬间感到“很低很低，低到尘埃里”。

很多时候我们喜欢一个人，往往只是因为一些很肤浅的原因，然后在日后在一起的日子中，不断将之神化。所以，很多时候，我们是为了感情而喝酒，不得不喝。

村上春树在《假如我们的语言是威士忌》中诉说了自己在苏格兰的威士忌之旅。苏格兰的威士忌之旅确实是一件极惬意的事。辽远的苏格兰夜晚，微醺而美好。旷野的高地中，坐在大巴上，每到一站，都是一种平庸生活不可及之放开。

伦敦来的银行家从寡言变成健谈。世界在酒眼灯唇间，开始显得沉醉以及美好。

多年前的黎明都是困惑。有时我们所坚信的东西不一定正确，而我们质疑的却恰恰是真理。这么多误会飘过，人存在于这个世界，是不是时常感到很累?

在那种极小的日式居酒屋吃串烧。如果是十二点以后的深夜，来一杯日本威士忌也是一件很适合的事。或由日本威士忌调配成的鸡尾酒。

我一直觉得喝日本威士忌是一种和喝苏格兰威士忌完全不同的感受，似乎更清洌些。

早在前几年，日本威士忌在世界上的排名似就已超过苏格兰。在《杀死比尔》中，那个反派人物说日本人具有独特的坚韧和近乎变态的努力，日本人制成的威士忌有股别样的滋味。

在几个女人的聚会上开一瓶红葡萄酒是很有兴味的。我有时觉得闺密间的聚会没有酒精不行，因为生活本身就已很不易。如果让我们在清醒状态下消灭牢骚，其实是一种残酷。有的时候我也在反思人与人之间的关系，我们究竟是依靠什么聚集在一起？又究竟是因为什么彼此讨厌？有人说下午茶是分享八卦的最好场所，但我认为没有酒精的八卦不是真正的八卦。

感觉去那种运动型酒吧就很适合来一品脱啤酒。伦敦金融城附近的运动型酒吧总可以看见刚下班的投行精英松开领带拿着一品脱啤酒喝的样子，并且大多是站着的。每个周五晚间，整个伦敦就好像狂欢一样。有一次我晚上加班到很晚，过一座桥去对面的一家日本速食店买外卖，刚好看见这种周五晚上酒吧盛放、人声蒸腾的场景。我走过一大群热闹的人群，突然想起朱自清的那句话：“热闹是他们的，而我什么都没有。”

有时我们觉得国外很好，但有时国外也能让人滋生很深的落寞。

钢琴酒吧是我个人很喜欢的去处。有一次，在英国和分隔多年的发小相聚。那时，我们在一家钢琴酒吧听乐师弹奏一首首熟悉的流行音乐，一种很强烈的“同学少年都不贱”的感觉攫住了我。

年少时你们都很相似，可是兜了一圈，有的人输了，有的人赢了，有的人仍不愿认输，而所有的一切在那个白色调的装饰得很潮流的钢琴酒吧，蒸腾到一种新的高度。那晚我们诉说了很多衷肠。这是人与人之间的关系中最让我怀念的一点。足够坦诚，足够畅所欲言。我最讨厌的就是女人间的嫉妒，每当找到从骨子里非这样的朋友，我总是格外珍惜。

有时想喝鸡尾酒，就随意去一个新的酒吧，如果感觉还不赖，不是那么俗，就会挑他们自制的鸡尾酒。我觉得我现在已经过了喝经典鸡尾酒的阶段了，除非觉得某一刻的心情特别适合 White Russian（白俄罗斯）或长岛冰茶，曾一度猛喝长岛冰茶。然而，《欲望都市》里 Carrie 常喝的马提尼和 Cosmopolitan（大都会）我是想装也装不出来自己喜欢的。这两款鸡尾酒至今没引起我太多兴趣。

第一次喝 Cosmopolitan 是在曼彻斯特运河区的酒吧街。一排排红色天鹅绒装饰的座椅，以及因为是同性恋酒吧所以弥漫着一种极其友好的气氛。我是和一个华人朋友一起去的。中途换酒吧，去了一家女同性恋酒吧。喝了盛在塑料杯子里的廉价 Sex On the Beach（激情海滩）以后，我去洗手间补妆。正在我描口红的时候，旁边一个穿牛仔无袖背心、头发剃得很短的T对我说出那句经典的:“你不需要补妆,你本身就很美。”

所以,每次心情不好的时候去运河区喝酒总觉得能瞬间点亮人生。在一个大家都很友好的环境,你会觉得生活本身就很鲜艳。欧洲,就是这样一个能让人瞬间忘却在国内的很多压力而茁壮成长的环境。

我一直最不了解的就是“劝酒文化”,也非常不习惯敬酒。我想喝自己就喝了,为什么要别人劝?劝酒的是在哪里?

在那种美式乡村音乐酒吧里,觉得好像只有喝啤酒才适合。配合着那种长发弹唱歌手为了糊口唱出的音乐的情境。一直在创作,一直未出名。仿佛听者只有喝啤酒才能恰到好处地感受追寻梦想的不易。

有的时候我在想,理想这东西是不是只能用来被淹没。我们年少时,都曾年少齿白青葱岁月,人生像打了鸡血般的兴奋。但是过了一些时日,你却发现生命多是灰色的以及所有事情都没那么简单,任何事情都不是靠一厢情愿的激情就可以的,现实会自动加重你的负担。于是曾经的明晰变成朦胧,曾经的纯粹变成混沌。

有时,坐在高层公寓寂寞地喝一杯红酒,俯瞰这座你所不能征服的城市,思索成功究竟是一件什么时候才会到来的事。

伦敦傍晚，夕阳西下。每每让我感动的一个场景就是在临街小酒吧的转角处，一位白发老绅士悠然地坐在椅子上，一边喝一杯白葡萄酒，一边看走过的路人。每次见到这种场景时我都很感慨，总觉得他们坐在太阳最后的余光中看世人，分明有种洞悉一切的智慧，让人想坐下来和他们聊人生。而那一杯白葡萄酒也显出一种因岁月沉淀后产生的内涵。

然而，终究还是擦肩而过。

文艺青年鸡尾酒手册

清冷夜间抿一口，整个夜，也会不俗起来。

Whiskey Sour（威士忌酸）是我个人欲罢不能的一款鸡尾酒，清爽宜人，又包裹着一种威士忌的内敛深邃。基本上，以威士忌为基底的一切鸡尾酒我都是爱的，因为威士忌是一种那么酷的液体，清冷夜间抿一口，整个夜，也会不俗起来。

第一次喝 Whiskey Sour 是在一家五星级酒店的大堂里，是酒保推荐的。他拿出酒单，我刚准备开口，他就低眉顺眼地来了一句："相信我吗？相信我的话，我给你推荐一款。"于是我在日本商人的咿咿呀呀和波兰人难懂的英语间喝下了这口冰爽的黄色液体，觉得有一种非常清新的感觉。

柠檬的酸味让这款鸡尾酒非常爽口，又因为大酒店本身用的威士忌不会太差则瞬间提升了那杯酒的质感。用摇和法均匀地摇过，又加入了非常少的一点糖浆，不会超过一茶匙。那一刻我突然想起 J.A.Konrath 写的 *Whiskey Sour* 这本书，女主人公是连环杀人案中的一名警探，她因为名字和波本相同而经常收到波本威士忌作为礼物，于是就时常自己制了 Whiskey Sour 来饮。

“莫斯科骡子”是一定要放在铜杯中饮用才正宗的。本身就充满冰块，再配合着冰得彻彻底底的铜杯，盛夏，在北京能俯瞰三环的酒吧中，一边喝它一边听美国黑人歌手唱 *Hotel California*，心里对于这座城市，还是感到很困惑。

我一直想成为那种很酷的喝马提尼的人，可一直就成为不了。马提尼不愧是被称为“鸡尾酒之王”的辣口酒，真的太辣了。干金酒、干苦艾酒以及橄榄，配合成透明色一杯液体，可我就是喝不惯它。果然依旧是个俗人。

午夜十二点微冷的风中，我走下英国的海边斜坡，去不远处一家卖酒小铺买伏特加。清冷的海风清晰地吹着我的异国人的落寞，不远处一拨又一拨醉酒的人群走过，并向我吹着口哨。口哨的声音清晰地飘荡在寒冷的夜里，突然让我想到茅盾的《子夜》。我有时能对中国二三十年代知识分子的那种萧索产生共鸣，觉得非常伶仃。

“螺丝起子”这款鸡尾酒素被称为“女士杀手”，因为就是将无色无味的伏特加倒入橙汁中再加冰块而成。曾经很多女生以为只是橙汁就不疑有他地喝了。不过现在这一手段已成了公开的秘密，很少有女生会上当了。

我留学时非常欣赏一个女生。有一次我去参观她的宿舍，发现一杯她半夜喝剩下的伏特加加橙汁。我们相视一笑，有种突然找到共鸣的感觉。在寒冷的英国夜间，酒精已不仅是一种慰藉，而是信仰。

如果你是一个初去酒吧的人，且去了酒吧后又不想露怯，那么最安全的一种点法就是点“金汤力”。这或许是我见过的最亲民的一款鸡尾酒了。之前在布莱顿的一间酒吧遇见了一个来自意大利的职场美女，她点的就是这款酒。而“恨嫁”也是一种全球现象。美丽独立如她，还是为自己至今没有结婚而感到着急。或许一直固执地点“金汤力”本身，就是她性格中追求安全、不敢突破的一种表现吧。事实是，她自己本身都没有意识到自己有多美好、有多大潜力。她身边的人因为嫉妒一直没有正儿八经地称赞过她。其实每个人都可以在自己人生中做成任何事、成为自己想成为的任何人，只要不被世俗凡庸的价值观局限住自己。

有一次在上海和表妹路过一家忘了名字的酒吧，发现居然有“女士之夜”，女士全场免费，于是果断走进去。发现免费的只是几款很一般的酒，于是我们就猛喝“金汤力”，因为只有这款酒是属于“可以忍受的味道”。干金酒加汤力水的亲民性，使得它浓妆淡抹总相宜。在英国，如果举办公寓趴，和室友一起去超市猛力采购的，必是汤力水和金酒。这款鸡尾酒又易调又清爽又好喝，真是自办派对之良选。

英国大学的酒文化之盛，能让你感受到一种生命的召唤、青春本身的意义以及“为什么不”。大考完的下午，校园的露天酒吧就像疯了一样。所有人都在室外享受最后的阳光，手中各色啤酒、鸡尾酒碰撞，不认识的人也称兄道弟。在英国学生酒吧里，鸡尾酒一般是放在那种廉价的一次性塑料杯里，极便宜，一点五镑一杯。于是那天，我捧着淡粉红色的“大都会”在大考完的酒吧里晃，整个人非常轻易地获得一种快乐。天空中，海鸥笨重地飞过，巨大的嘴毫不顾忌地抢着人们手中的三明治。

龙舌兰是一种很奇异的东西。当时在伦敦工作，同事都是老外。一次一个罗马尼亚同事要走了，于是我们一起去喝告别酒。在午夜伦敦的泰晤士河畔，长睫毛的葡萄牙同事跟我说，他人生的理想是回到自己的家乡，建一座自己的房子。“我们家族一直有自己建造房子的传统。”他对我说，“如果有一天，我能建成自己的房子，我想那时会是我最开心的时刻。”

离职的罗马尼亚同事请我们每人喝了两轮龙舌兰。她说虽然她即将入不敷出，但请我们喝离别酒的这种豪义还是有的。外国人在我们眼里，都像精致的洋娃娃，当然我们在他们眼里也像精致的瓷娃娃。这时我突然感受到了一种超越种族的共鸣，那么的奇异。在面临泰晤士河的酒吧中，吹着清冷的风的我忽然觉得自己正处于空中楼阁，那种临空的虚浮感，不正像我们的人生吗？很多自以为得势的人，其实恰恰是活在自己的牢笼中；很多看似坚不可摧的东西，最终都会崩塌。

第一次遇见锦子是在伦敦的丽兹酒店。惊异于她保养得宜并写满故事的脸。她充满挑剔地对待每一件事，甚至服务生酒杯摆得角度不甚对，她都要说一下。

在那样的一个下午，一个女人默默地在伦敦的一家酒店，喝一杯“大都会”。那一刻我觉得她真的是属于大都市的，任何小地方都装不下她。

她很注意保养，有种张爱玲笔下霓喜的感觉，但不同于那种凶悍的丰满，是瘦瘦弱弱的，标准的江南女子的小巧体形。有四五十岁了，皮肤却仍然可以说是光滑的，皱纹也不多。三角眼，尖下巴，秀丽的刮骨脸。

八十年代初，她随一个广东男人偷渡来到英国，在太平洋上，于船舱底部躺了十几天，上岸后在按摩馆做了几年“技师”，还清了蛇头的钱。经济全盛时代也曾出入伦敦高档场所、贵族庄园，可后来被男人骗，亏了一大笔钱，经济状况就渐渐地衰落下来。虽然也不至于太惨，但她现在五十多岁了，一直没有结婚，并且出门还是要倚赖公共交通工具的。

大家闺秀的生活估计多少有些闷，似乎只有小家碧玉在这个世界上的闯荡，才有些类似于“传奇”的趣味。

用美国黑麦威士忌或波本威士忌，可以调出“纽约”这款鸡尾酒。

二十世纪我爷爷去纽约回来后形容：“乱，乱得很，夜晚充满警笛声。”红石榴糖浆无疑在某种程度上造就了“纽约”这款鸡尾酒的“深邃”。酸橙汁是必不可少的一种添加，中和了糖浆以及烈酒的味道。这时如果店家极有诚意，酸橙汁是现打的，那么这款鸡尾酒就更加难以抗拒了。不过红石榴糖浆的量不能放过多，否则就会呈现出粉色，失去“纽约”本身的韵味。

一款失败的鸡尾酒，可能是味道单一、没有层次，不是一味地酸，就是一味地甜，或果汁味道过重，掩盖了其他元素。而一款令人惊喜的鸡尾酒，能让你整个晚上体会到一种不一样的人生。

雷蒙·钱德勒在《漫长的告别》中说：“还不是喝占列酒的时候。”英国半山社区的一间小酒馆，位于悬崖的一处制高点，可以远眺一整个山谷的红砖房屋、碧绿色草地，而上面，则是阴沉的、灰蓝色的英国天空。在一个傍晚，我点了一杯占列酒，独自在二层露台的一张木桌旁喝着，冷冷的风吹着眉毛。这款诞生于英国的鸡尾酒是干金酒、酸橙汁和糖浆的结合，用香槟杯盛着，并放了一块冰。酸爽中又钻出一股甜，喝者果然觉出一股告别的意味。

甜品心胃

有的时候，一枚绝美的甜品，能让人觉得，生活仿佛是一件没有那么糟的事。

有段时间我住在伦敦金融城附近的一间高层公寓。没错，就是那种“能看得见灯火的房间”。做着一份薪水尚算优渥的工作。但是很忙，真的很忙，几乎天天加班。

周末时，趁唯一的空当去住所附近的 Sainsbury（英国著名连锁超市）采购切片面包、鸡蛋、抽纸、健怡可乐……走到蛋糕柜台，突然看见一个中产阶级模样的英国主妇，在猛往购物车中塞一种像麻花似的，表面撒满糖霜的甜点。有那么好吃吗？于是也拿了一盒。

回家后打开，和唯一的室友一起分享。超多糖的一种存在。但是这种简单粗暴却并不让你生厌。相反，我不得不承认，在那种寒冷的异国晚间，这种甜给我带来了一种莫名慰藉。在那段无依无靠孤苦伶仃的时期，这种简单粗暴没有任何技术含量的甜，却让我感到了一种近乎直爽的真。有时，在窗前仰视我的未来，会想：我的下一站在哪里？

有一次，和一个台湾同学去布莱顿位于市中心的一处周末市集。我们在街道上走，突然看见一个妇人推了一辆小车在街边卖自己做的杯子蛋糕。形象简直太鲜活，摊主也恬淡自然。于是我买了一块经典的红丝绒蛋糕，台湾同学买了一块胡萝卜蛋糕。接着往前走，我们去了一家超市，我买了一瓶伍尔夫经常喝的那种姜汁啤酒，在街边看流浪艺人表演自己制作的木偶戏。

“你喝的是什么？”满头小辫的嬉皮士问我。

“姜汁啤酒。”我说。

然后再咬一口刚刚买的杯子蛋糕，一瞬间就被那种天然简单的柔韧所惊住了。就像一个永不服输的女人，从不承认自己的失败。那是我在英国吃过的最“平淡近自然”的一块杯子蛋糕，因为仿佛可以看见那个妇人在自己洒满阳光的厨房里烘烤蛋糕的样子。攀谈中她跟我们说自己曾是那种朝九晚五的白领，有一天辞了工开始在家做杯子蛋糕，然后周末拿到市集上去卖。

有一次，和一个德国朋友一起去逛超市。她拿出一袋充满气孔的小圆饼，并推荐给我，说把这种小圆饼放进烤面包机里烤一下，然后在冒着热气的、充满圆孔的饼身立即涂满一层 Nutella（注：品牌名称）的巧克力酱，味道极其天堂。

这种小圆饼叫 crumpet，口感有一种不服输的柔韧，苏打味很浓，表面呈现一个个洞，估计就是苏打粉发起来的，却很适合逐个填满巧克力酱。

在下午茶那一篇里我提到过 scone 这种东西，张爱玲翻译成“司空”。司空这种东西也是极有讲究的。有一次我在北京某著名西餐厅的外卖部买了一打司空回家，依法涂上奶油和果酱。不料那司空如此经不起涂，一刷即稀碎，只剩一盘粉末。

Co-operative（英国著名连锁超市）时常会在临近收银台的地方卖一种白巧克力碎屑饼。我从来没有买过。有次上午上课来不及吃早饭，课间休息时，隔壁桌同学掰了一块递给我。咬了一口，瞬间觉得这也太好吃了吧。但有时，我们怀念学生时代的吃食，其实不知怀念的到底是白巧克力碎屑饼的味道还是同窗情谊。

Christmas Pudding（圣诞布丁）是传说中很多别国人乃至英国人自己都受不了的一种甜品。谢耳朵在《生活大爆炸》中嫌弃地说里边居然有葡萄果仁，不是真正的布丁。然而等到有一次，当我在一个地道英国人家过圣诞节时真正尝到了一口 Christmas Pudding 时，却由衷地喜欢上了这种甜品。起居室内灯火熄灭，只剩远处壁炉的光依稀在闪。主妇在浇了白兰地的褐黑色布丁上点了一圈火——我就是喜欢任何点火的东西。火光熄灭，布丁本身也被镀上了一层奇妙的焦糖。她切下一块，蘸了白色糖霜递给我。酒精的苦味和糖霜的甜味以及丝丝恰到好处的火炙感，完美融合在一起，让在异乡的我有了一丝“家”的感觉。在这之前，作为一个外国人，当看到所有英国人都在兴致勃勃地准备圣诞节时，走过“他们的街道”的我，有一种卖火柴小女孩的“热闹都是他们的而我什么都没有”的感觉。可是当时那一切在那来自第一次见面的英国夫妇的布丁友爱下，让我得到了一种浓烈的温暖。

我的在英国生活了七年的发小推荐我羊角面包加芝士。用那种锯齿状面包刀于中间横切割开羊角面包，加进一片芝士。然后合上，置入烤箱内略烘几分钟，拿出来，芝士已呈乳化状，和羊角面包的缝隙以及空气感完美结合。早餐吃这个再配一杯黑咖啡，让我觉得人生很圆满。我在英国超市买芝士总买切达芝士，或许是因为够浓。我的德国朋友超喜欢的马苏里拉芝士，我却始终觉得太淡，然而烤比萨是较为适合的。

有一次在台湾士林夜市吃过一款“油炸冰淇淋”。看上去很乐观积极的老板将一个小小的正方形吃食丢入沸腾的油锅中炸。几十秒后捞出来，装在纸袋中。你眼巴巴地望着他，正准备接过来的时候，他却说：“等一下，等我数，一、二、三，OK，开始吃吧。”每一个买这种油炸冰淇淋的顾客都要被他这样数过一、二、三以后才能开始咬。于是，外边包裹的一层热热的面衣，基本无味或只有很淡的咸味。酥脆表皮的热包裹着内里冰淇淋的冷冽，又飘过一丝甜。在冬季并不冷的台北，有种“又冷又热”的感觉。

台北师大附近有一家很好吃的卖润饼的小摊子，口味貌似有牛肉、鸡肉、咖喱。但我每种口味都点了一遍以后，并没有吃出区别。然而，无论如何它都是好吃的。三片薄薄的小白饼，叠成一个近乎三角形的形状，然后把肉、豆芽、波浪状豆皮等各种丰富的配菜堆在其中，最后撒上含有白糖的奇妙调料，卷成一个圆锥形递给你。在下雨的台北晚间，独自一人坐在能望见公园景观的公寓，以润饼当晚餐，蔬菜的脆爽和饼身的清凉柔美融合，最后以肉的狡黠作为完美收官。

台湾 7-11 里的酱油膏真是一种让我觉得很奇妙的事物。有段时间住在一个海边半山的度假村，如果没有车的话，出门极其不便。于是有时就不吃晚餐。有一次实在饿得受不了了——由于我是冬季去海边，所以很多热闹的海边馆子都关门了——于是我只能走到彻夜营业的 7-11。在关东煮里挑了一些东西，其中有小 S 最喜欢的猪血糕。又记起她说："吃猪血糕怎么能不蘸酱油膏！"遂拿了一包。回房后打开热气腾腾的关东煮，蘸了一抹酱油膏……

于是，从此以后我越来越坚信小 S 这个女人的很多判断，包括在飞机上喝香槟，由于气压关系，真的比平时更容易进入醺然。

然而，去台湾，我真正推荐的还是各种鲜榨果汁。喝过以后我曾质疑饮料的意义。和朋友一起去迪化街那边的市场，她一定要我喝一款苦瓜苹果。我对苦瓜这种东西是极难有好感的，因为一个苦字就抹杀了所有想尝它的欲望。然而，在朋友强行递给我一杯苦瓜苹果以后，却完全颠覆了我对这种蔬菜的看法。一，点，也，不，苦！台湾的苹果应该比大陆甜很多，而且每个鲜榨果汁摊其实都稍稍有自己秘制的比例，因此，有的家会特别受欢迎。我当时喝的那杯苦瓜苹果应该就是比例极好的。而且老板娘把机器给我们看，她的这种鲜榨果汁是完全不加水、糖等任何添加物的。

一款好吃的芝士蛋糕也是可遇不可求的。至今我吃过的最好吃的芝士蛋糕不是在国外，而是在鼓浪屿一家不知名的小店。一个下午我走进去，伶仃的店堂，飘荡的风铃，几乎没有什么客人。我也是因为走得实在太累了，需要一个能坐下的地方，于是就点了一小块他们推荐的“重芝士蛋糕”。老实说，我对那种装修浮夸的店是不抱有希望的——就像油滑的人，一段时间内看也许没有任何破绽，但是，最终还是实力暴露其平庸本性。然而，用小勺子舀了一口后，我却几乎怔住了：怎么那么浓！老板真的很舍得放芝士，而且是那种质量很好的芝士。很多芝士蛋糕也许第一口吃很好吃，但整块吃完，会让你觉得腻。可是那次的那块不是，当我把整个三角形吃完后，居然产生了一种近似清香的回味。

且彷徨，且前行——旅行的心

我们所有的无知，都在未知中渴望

伦敦风景

盐味十足的海风扑鼻而来，最刺激的事情莫过于观看船只沿着泰晤士河溯流而上——大船小舟，黯然失色的，光彩照人的，来自印度的，来自俄国的，来自南美的，来自澳洲的，在经历过寂寞、危险、孤独的煎熬之后，竞相在我们眼前鱼贯而行，前往港湾安家落户。

——伍尔夫

从伦敦国王火车站下车。风尘仆仆。那时是我第一次来到伦敦。

观看泰晤士河有时确能让人生出各种非常壮阔的感慨。一片神奇的水域。于伦敦上班时，经常在午休时间，买一份三明治，去泰晤士河边的长椅上坐着吃。一顿午餐，就这样打发过去了。远处航船，缓慢悠然地行走于河面上。

泰晤士河沿岸 SOHO 区的不夜生活以及周五晚间飘然而至的雨。五十度层次的伦敦，每个人都有自己条纹状的感受。于是这一切又构成了这座伟大城市的丰富肌理。

圣詹姆斯公园的蓝桥内长年有一个无头女鬼的传闻。黄昏时，起雾了。站在蓝桥，可以远眺白金汉宫、白厅以及伦敦著名的骑兵卫队。

灰色天空

有时我喜欢去 Holland Park（荷兰公园）一带逛逛。道路微有些坡度，两旁尽是如童话中的高档住宅和精致小店。绿荫如盖的社区，宁静时可听见树叶的相互碰撞。剧院、书店、古董铺、时髦餐馆……每次下午阳光晴好的时候，就这么一路静静地逛过去，满心满怀都是一种幸福。

这条街上有一幢四层房子。维多利亚式红砖风格。门口有一个低矮的黑色铁栅栏门。这种房子多是贵族阶层的城市寓所，原是一整幢楼都给一户人家住的。而后来随着贵族阶层的日渐没落，再加上伦敦房价急速上涨，如今每层一户地分租了出去。饶是如此，居住空间依然非常大。其间住户会选择自己装修。

三层的住户尤为幸运，因为有一个伸出去的露台。他们通常会在露台上摆一个木质小餐桌，两把椅子。夕阳美好的傍晚，在露台上吃晚餐。红葡萄酒在红白格子桌布的映衬下，让人恍惚穿越到那个脆弱纤美的维多利亚时代。

公寓呈现出一种恰到好处的时间感。天花板上，有玫瑰花样的顶角线。一开门进去，除了淋浴间，是一整个大敞间。Rachel 将原来的三间房全部打通。“反正也是一个人住。”她说。就是要那种呐喊都会有回声的空旷感。巨大空间，晚上，爵士乐在她硕大的公寓内那样肆无忌惮地放着。她在那里跳舞、弹琴、喝香槟。一身的才艺。太多人欣赏，于是反而没人欣赏。

落地的大幅镜面，衬托出她娟好的身影。

公寓里有一个新古典风格的长沙发，我很是喜欢。房子虽美，但这个由玻璃、金属和白色主宰的空间总给我一种清冷的感觉。我无端为她心疼。这么多年默默开放。而无论如何，都不应放下对暗淡的生的迷恋和爱的追逐啊。

英式花园

英国人，如果有条件的，几乎每户人家都会有一个小花园。花园，是英国人禀性组成的重要部分，静静地诉说着那个国家的历史和文化。

花园往往是最能反映主人性格和品位的重要场所。是否有喝下午茶的区域；桌子的摆放是否能望见远处的风景；是种玫瑰还是种百合；草坪是否修剪整齐；是否有《欧也妮·葛朗台》里描述的那种秋千……

我每获幸运能参观一户人家的花园，往往就会觉得那一个下午，精美得可以用框裱起来。

我以前在伦敦住的那种高层公寓楼，二层的房子格外之贵是因为有一个露台。如果在别国，这个露台很可能会堆放杂物、空调外包机、废旧纸箱等丑陋的东西，而在英国这个没有空调的国家（夏天最热时平均只有两礼拜左右且不是那么的热），所有二层都不约而同地把自己的露台布置成了空中花园。

有注重私隐的，将与邻居相邻的那两面筑上墙或篱笆，向泰晤士河的那面大大敞开着；有两家关系好的，间隔的篱笆设置得极其矮，方便隔着篱笆闲聊几句或周末时一起合办 BBQ。

我每天清晨起床、望向窗外初升的太阳，一边听着广播，一边喝咖啡的时候，都会情不自禁地望着楼下那一排花园。在金融城上班的单身白领，坐在圆桌边，边喝咖啡边看《泰晤士报》；或有一对情侣，相视着共进早餐，背后初升的嫩如荷包蛋的太阳，将他们鬓角的头发照射得金黄。

一天的生活，始于早餐。泰晤士河的河风以及花园里都铎玫瑰的香味，让伦敦上班族的一天，比寻常风景，多了一丝诗意。

打开窗子，伦敦金融城璀璨的夜景在窗外闪着属于现实的光。这座城市，我们沉浮其间，生存其间。挥一挥衣袖，果真什么都没有带走。

诺丁山

看过电影《诺丁山》的人，会无端对这个地域怀有憧憬。而诺丁山也的确是一个可爱的地方，许多上升期的艺术家都会选择居住在这里。做一些创意型工作的人也颇喜聚居于此，因为觉得“很有灵感”。所以左邻右舍，不是设计师、艺术家，就是媒体出版界的青年才俊。

朱利安是我们于圣詹姆斯教堂市集遇见的一起买同款火漆印章的人。在这个伦敦我最爱逛的市集上，总是能遇见各种各样好玩的人。朱利安是一名生活在伦敦的软件工程师。每日朝九晚五、勤勤恳恳。业余却有收集古董或老东西的强烈癖好。我们于小摊子前，为了最后一款藏书章而争执不休，最终还是绅士本能发挥了作用，他让与了我们。而我们也就近，在教堂背面的小酒馆请他喝了一品脱啤酒作为答谢。

朱利安住在一处斜坡上的维多利亚式红砖老房子。有一日，他请我们去他家喝下午茶。一进门，立刻被年代感十足的起居室吸引了。

明亮的六角形凸肚窗旁，坠着一条青色的曳地窗帘。旁边是一张简易餐桌，正对着窗外风景。椅子是 Panton（注：品牌名称）的，造型感十足。而小圆桌别看简单，他一介绍我才知道是丹麦家具公司 Fritz Hansen 的出品。沿墙一排铝皮矮柜，笨重粗矮，却非常有质地，内里放着各种密纹唱片。起居室中，古老和现代毫不违和地交融。

楼上是朱利安的图书馆兼工作室。一面巨大的蚬木写字桌，上面是露梁屋顶。光影透过天窗照亮室内的一切。刹那间，我觉得拥有了无限灵感。住在这样的地方，想必是能写出《喧哗与骚动》这样的作品的。

而这幢房子居然是他租的，于是我再一次感叹西方人对于当下生活之重视以及不把买房当作人生头等大事的态度。

有时，花几万元买一把椅子，也就是图个高兴。

维多利亚时期的壁炉保存了下来，并且冬日真的可以生火。房子整体虽然不大，但是走在其间，气宇也是可以轩昂的。

在这间静静的诺丁山二层小楼内，我突然开始思考，我们的生命中，最重要的事情究竟是什么；当下做的，是否是自己真正之想要。英国时常能让我感到这么一刹那的骨子里的宁静，所有淡化的诗意和微漠的远疆，所有的遥不可及又触手可得。

萨默塞特

墨绿的天空中有几只灰鸽在飞，橙黄色波形瓦屋顶渐渐逼近。我知道，我们到了萨默塞特郡。

萨默塞特郡有一个离伦敦两个半小时车程的世外桃源小镇，是我当时周末“逃离伦敦”很喜欢去的一处区域。

铁艺床、花卉窗帘还有蕾丝边的被褥。住在这样的房子里，我觉得不穿十九世纪晨衣早晨起来对着椭圆形镜子梳头都是不配的。于是为了此次度假我特意去古着店买了一件十九世纪简·奥斯汀小说里那种晨衣，放在两边是搭扣的古董箱子里。

度假选的一间乡间大宅传说闹鬼。古老的柚木楼梯，走起来吱呀吱呀响，猩红帷幔的阴影里仿佛总藏着什么东西。建筑是乔治时期风格，旁边有一座年代更久远的农舍。

正厅有一座我幻想了许久的枣木楼梯，被擦得光亮。

厨房里我最喜欢的就是三排架子，挂着主人从各地淘来的形形色色的杯子。这种不成套的东西，每一个物件仿佛都诉说着一个故事。我们在厨房里用那种古老的铜炉烧水，准备成套的下午茶。住在附近的房东好心送来一罐新鲜的牛奶，刚挤出来的。

安顿好以后，我们去附近骑马。这时才真正感受到一种英式的畅快。黑色的骏马异常温驯，我骑着它以一种异常缓慢的速度小步走着（实在是骑术不佳）。

直至现在，正统英国大家闺秀依旧要学骑马。昂贵的寄宿学校内一般都有马术课程，自己的私家庄园里也是有马厩的。

半夜，依稀传来风吹窗户的声音，浅浅地、幽幽地拍打着。我于是想，就算闹鬼估计这个鬼也是友善的，比人类真实的邻居不知安静了多少，只是希望楼下起居室内的钢琴不要突然响起就好。

……

一百多年前，年轻的恋人们在这里徜徉，采集紫罗兰花瓣。

伊特鲁里亚式花纹的墙壁，似乎在向我诉说某个故事。有时，我们全部的身家性命都搭上了，还是换不来我们想要的人生。

所有景色开始在我面前从立体变为平面。渐渐地，我的视线也开始模糊。

东京一天

恍惚的天际，运筹帷幄的人生。我们所有的无知，都在未知中渴望。

在歌舞伎町附近一家营业到四点的小居酒屋内，喝村上春树并不喜欢的日本酒。纯白清冽的味道，对影成三人。

我以前觉得对影成三人是一种很凄清的境界。究竟是何种孤独的灵魂，才只能和影子喝酒。可是人生走到一定境界后才发现，有时，独处，其实是一种很难得的况味。

年少时我们总是需要朋友，很多很多的朋友，甚至攀比谁的朋友更多，谁过生日礼物收得更多。可是现在，那种幼稚只能作为怀念了。

有时想起《雪国》开头的那种纯白无迹，觉得十分难得。什么时候，才能白茫茫一片真干净。以前觉得宝玉那样想是做作。现在，却似乎有点理解了。

一个在日本的中国留学生跟我说，日本人酒量都很差。又想起村上春树笔下描写的男子，每晚喝几十毫升的威士忌就能助眠了。于是在东京深夜小巷，看着满大街醉酒的大叔或上班族，踉踉跄跄地踢着一个个空瓶，又是无聊又是酸楚。

不知踢往哪里的明天呢。

东京地铁高峰期。我们去往中野。一个穿着黑色西装的上班族男子正站在我们对面，身上散发出浓烈的不洗澡之体味。躲都无处可躲。这时，他突然接起一个电话，用日语一连串地说着。

会日语的同伴对我说："应是在和他妻子打电话，且语气极不客气。"

我刹那间有种恍惚的感觉，突然想起电视剧《女人中的陌生人》里的那个妻子。东方女性总是一味隐忍、隐忍，隐忍到极限。然而这样的隐忍，又是否能换来同等程度的珍惜？

在中野租了一间有天台的房间。傍晚在夕阳半明半暗的余晖中，望着东京枝枝杈杈黑色电线切割下的天际。吞下一口填满粗粝冰块的威士忌。有一种很虚无的感觉。

夏目漱石在《我是猫》里，以猫的视角，讽刺了青年学生及当时世相。天有星辰，地有露华。飞有禽，走有兽。池有金鱼，枯树有寒鸦。

这世界上似乎所有美好事物，都是相辅相成的。可是如果有时事物就不是成对出现该怎么办?

东京的傍晚很恬静，在微茫的光中充盈着浅浅的希望。这一点就像人生，你多次被打倒，但总有一种类似小嫩芽的希望，生长于每次失败之后。

吉祥寺一间位于地下一层的酒吧。东京的酒吧很多位于地下。村上春树的第一间酒吧也是在一个不太通风的地下室，可是令人惊异的是并不乏人去。爵士乐的演奏震耳欲聋。浅淡冒泡啤酒间，鼓声像雨，大提琴喑哑，钢琴一如既往，是主角。

有时你看那种无限沉浸在音乐中的乐手脸上的表情，是很有趣和很令人感动的。因为一个人可以干自己想干的事并沉浸其中，是一种多么难得和幸福的事。

因为我们大多数人，终究干的不是自己想干的事，而只是生存。

在这个地震频发、美景转瞬即逝的国家，人们似乎更懂得欣赏当下的美。

想起我们未得到的，或令人心碎的。人生总很难完美。

在纪伊国屋书店的对面吃《舞！舞！舞！》中提到的“喜客比萨”。下午四点的时候，人并不很多。痴迷看漫画书的青少年，手拉手的异国情侣，单身而来的瘦削男子，每个人都是沉默不语的。又似乎每个人都是有故事的。

《舞！舞！舞！》中，五反田是在这里和“我”坦白杀人事迹的。村上作品中的很多不起眼的主角总是对身边高大英俊各方面都优秀的“朋友”充满着一种近乎欣赏的爱。我想起走过一段长长上坡的他大学时住的宿舍。那时，他必也是个沉默内敛的男生吧。你在大学里时常见到又时常忽略的那种类型。

最近发现一部很好的日剧《东京女子图鉴》。这世上每个想超越自己的人事实上都有着这种落寞。一个女子，首先长得好看，她就莫名产生各种不甘：不甘于自己眼下的生活，不甘于眼下不甚完美的自己。于是剧中女主角从故乡来到东京，抱着这种美貌女子与生俱来的不安和躁动。

可事实是，来到你的梦想之地，也不见得能抓住每一次机会从而毫不走弯路地完成自己的人生。于是，我们目睹她一步步从土气的小镇少女变成事业有成的东京职业女性，成功跳槽并结了婚。可已经住在东京高级塔楼公寓里的她，最终还是想要离婚了。

我有时想或许我们都是精致的利己主义者。我们都无限为自己着想也无限懂得如何让自己变得更好。可是这种精致的利己主义背后的人性——包括我自己在内——很让我惧怕，因为我时时看着我们非常懂得如何让自己舒适以及太懂得照顾自己，会担心我们的灵魂里已经容不下旁人。

在电器商城里想买个电吹风（住的地方没有）。这时突然拥来一群激动的中国女子，津津乐道于何种电吹风是卖断货的。又有几个做代购的人，迅速拿下各种电吹风离去。他们迅速堵在我面前，挡在了我和面前货架之间，吵吵嚷嚷、挤挤闹闹。

我瞬间就不想买了，转身离去。

到处都有中国人的购物大军。我们想要的东西太多了，真的太多了。退税柜台增设了好几个中文服务窗口，每个免税店几乎都有中文服务人员。究竟为什么会产生如此强烈地想拥有这世界上一切好东西的欲望呢？

窗外，一轮鹅黄色的月亮西沉。路过一间极高档的公寓。里边走出主妇模样的牵着小孩子的人对你礼貌一笑。喜欢触摸各种文化，喜欢体味各种文化。生活在别处的我们，似乎对每个异乡，都有着一种朦胧陌生的好感。

每天早晨，喝新鲜的滤挂咖啡。望着窗外青到发白的天空，各种人声渐渐响起，是我所不懂的日语。然后去便利店买东西。会中文的收银员问我："你是刚搬过来吗？怎么没有在这附近见过你？"那是在平易近人的池袋。

被奇暖的东京公寓里的蚊子咬了，不知道日语中的蚊子怎么说，于是去药店跟年老的店员比画了蚊子叮咬皮肤的整个过程。对方居然明白了，递过来一管橙黄和白色交错的药膏。

楼下拉面店每天十一点准时开门。于是觉得，东京其实也是一座不需要自己做饭的城市。

熙熙攘攘的串烧店内，一个人吃着明太子烤鸡肉串，喝一杯加冰乌龙茶。竟在沉静的乌龙茶中，喝出了一股巧克力的味道。

这并不突兀，因为东京是一座如此包容"一个人吃饭"的城市。面壁的吧台呈一条直线排得好远。坐在我旁边的上班族模样的男子默默地用翻盖手机阅读着一篇小说模样的文字。

大家，都习惯孤独了。

嫉妒莺飞草长。任何人理解别人都终将是从一种很肤浅的角度。我又何尝不是这样。

有时，我望着这座城市从白昼变为窗外深蓝色夜空中一轮明黄的月亮。这一刻突然明白，这世上的成功，对于某些人来说，终究是极度困难的。

日式流浪

我们的人生，被无数个微小的欲望攫住。偶尔实现一个，却发现仍有千千万万个需要实现。

出租车一路从位于山脚的车站开过来，爬最后一个坡时我整个人几乎仰面平躺，从车顶天窗惶惑地望着那一角倾斜的天空。

我住在海边一处极陡的山间房屋里。白色水泥的外墙，常年被沿海的潮湿侵蚀，滋生出青绿色的霉。太过丛林掩映了。是到沿海多山的神奈川了，我想。

打开房门，是一间极朗阔的宛如艺术家住宅模样的起居室，以及堪称整个房间亮点的半山阳台。开启推拉门，碧绿透青的山景和左边的海景都尽收眼底。空气中是那种靠近海洋的美好气味：清澈、咸腥、潮湿。相模湾的蓝色触手可及。晚上，周围万籁俱寂。只有潮水的声音，一浪又一浪拍打过来。

睡得格外沉。做了无数梦，关于人生。

我是坐着一条神奇的火车线——JR 东海道本线抵达神奈川的。我在《孤独的美食家》中看见五郎坐的那种可以直接从车窗外看见一路狭长海景的火车时，颇觉震撼，心想人生若能多坐几次这样的列车，该多么幸福啊。

没想到这次居然很幸运地遇上了。电车一路前行，突然在窗口中就毫无预兆地扑进那种蓝。蓝得窗框根本装不下，连窗口不远处的扶手，都被映蓝了。我从一群神情缄默的日本人间毫无顾忌地站起并走到窗前，一路默默看着电车窗外连绵、奢侈的海。

从平静的车厢中望过去，窗外那片海水整齐得就像尺子量的似的。异常精准地在车窗三分之一处形成一道蓝。可就是为着那一条直线，我们不远万里来到于此，并且珍惜。

那种对于朗阔、一望无际、简单的渴望，那种对于无限纯粹的纯净的渴望，也只在我们生命中极短一瞬实现。

曾经留日的鲁迅在《伤逝》中说，安宁和幸福是要凝固的，永久是这样的安宁和幸福。作为我，平原地区长大的人对于海的那种渴望是深到骨子里的。

进入丛林掩映的房子后，放下行李就立即沿着相模湾曲折的海岸线一路前行，去寻找村上春树的宅邸。掠过惊人的景致，开始明白为什么《挪威的森林》中绿子说姐姐只喜欢男朋友开车带她在湘南一带兜风。湘南在日本指东京西南部五十公里处神奈川县相模湾北部的沿海地区。村上春树在此区域有一处房产。他作品中很多诸如“停在沿海公路边喝冰啤酒”“深夜去海水边默坐”的描写，这种经历，是从他成长的芦屋、西宫，再到日后居住的神奈川，乃至后来旅行的希腊，一路这么延续过来的。

在这种徒步行走中，一个莫名下午，我恍惚遇见了一处极美、极静谧的海边宾馆。这间小巧精致的宾馆，客房直面相模湾，有非常美的花园、泳池和大堂吧。最便宜的房间价格合人民币一千两百多一晚。

我在泳池边的露天阳伞下点了一杯冰咖啡，因为已经徒步走了三小时，非常累。此时没有别的客人。望着正前方的海、天、云、雾、山，澎湃的海风汹涌着我的头发，再喝一口手中非常地道的冰咖啡。此时几乎可以用肉眼望见远处风抖动的样子，以及渔船的远行。

有时，我们追寻的仅仅是一个瞬间、一处风景，将我们从日复一日的庸常生活中解放出来，触碰不可能的世界及生活。

路过一家一对老夫妻开的丸子店。之前只在《孤独的美食家》第二季，看过五郎吃那种丸子套餐，这家店碰巧也有御手洗丸子，上浇浓浓一层砂糖酱油汁。我买了一串，就在店内坐下，咬一口，一种惊喜的味觉感受，立刻攫住了整个五脏六腑。也太好吃了吧！虽然语言不通，可卖丸子的老太太最后诚恳地在盘子里掠过厚厚一抹酱汁的举动，还是让我这个外国人无来由地感动起来。这种完全手工制作的“叶子”店，一般是家族经营，日剧《福家堂本铺》对此行业有很深的刻画。

夜晚，在沿海的大风中，从山脚走向山腰房舍。在终于爬上某一个高坡的制高点后，一回身，突然看见漫山遍野的星星点点。那种璀璨和黑暗交错的样子，让人仿佛披了一肩霜露，浓重又不由轻盈得想飞。郊外中产阶级社区的寂静喧嚣着人的耳膜。我被房东邀请去参加他们另一处房子的聚会。席间是那么热闹。不同国籍的人诉说着自己在日本的感受。

一个中国留学生努力诉说着自己的适应和被接纳。又听见另一个中国留学生努力诉说自己是怎样去伊势丹某个专柜定做一只手工制作的某低调奢侈品牌钱包，上边能刻自己的名字。那种叙述的细节化程度，让我不由多看了他几眼。

这一切真的有那么重要吗？我们这一代，渴望太多物质也拥有太多物质。这一点，究竟好不好？

我捧着一杯香槟独自站在那个面海的露台。此时海风晶莹地吹了过来，那种仿佛能飞的感觉，是那么轻盈以及被怀念。

半夜醒来，听到窗外有火车路过的声音。海浪一阵一阵的。我觉得，这大抵也叫“枕着涛声入眠”了。

第二天，在一个异常静谧无人的小站根府川站下车。简易的郊外小站，在白云蓝天下怯生生地立着。走几步，却赫然发现一个水果架子，摆着当地出产的橘子、青柠以及其他水果。每包上面写着水果价钱，旁边一个小钱罐，写着“信赖”模样的日文。

如果你要，就掏了钱自已塞到钱罐里。没有任何人看管，所依靠的，只是人与人之间最基本的信任。

走过一处高坡，看见一片山间坟墓。无数的墓碑在风中寂静地立着。不让人恐怖，却滋生出一股敬畏之情。这个小镇，已经走了许久还是一个人都没有遇到，给人一种空城的感觉，但同时，又有一种前所未有的轻松。

这世上，大抵越是人多的地方越是复杂。村上春树和三毛都曾在墓园里看过书，应该也是图着那种无人打扰的宁静吧。

之前在东京市中心千驮谷村上春树曾经开的酒吧原址对面，发现了另一处如童话小镇般的酒吧。棕色木框的透明玻璃门透出里边的红色墙纸装饰和一盏依稀的灯光。小木门外，包裹着簇拥得密密麻麻的爬山虎。

进去坐下。看上去母女模样的两个掌柜推荐了一款深黑色的苦咖啡酒，冰的，醇而烈。日本烧酒的辣气和咖啡的浓苦交相糅错，给我一种强烈而深沉的东京感。

她们说，这款酒叫“人生”。

酒吧非常小，因此声音稍微大点彼此说话都能听见。旁边会中文的日本男子默默抽一根用来戒烟的不是香烟的烟。云雾味道奇异。我让翻译用日语询问能否推荐附近一处好的爵士乐酒吧（因为村上曾开过爵士乐酒吧）。喝着店里存的瓶身写有自己名字的日本烧酒的大叔热情介绍着，转眼间，关于东京人情冷漠的传言似乎有某种程度的击破。

但，这毕竟是一座习惯一个人吃饭、拥有一个人的烤肉，甚至一个人的 KTV 的鼓励孤独的城市啊。有时走在东京的街道上，那种虽然繁华却容易落寞的心情，似乎比在世界上任何一个国家都要强烈。

下午三点左右，在神奈川温泉场附近。我因为早上什么东西都没吃，饥肠辘辘地走进附近一家看似小巧、精致，又包含着一种说不出的温馨气息的日本家庭小餐馆。

等待间隙，我从面前直对厨房的小窗户中瞥见老板娘用一个半旧的铁锅在炉子上调一锅浓稠的咖喱汁。那一刻，我就立即知道这份咖喱饭配炸猪排是绝对好吃的。

这其实是一份菜单上没有的，她私下推荐给我的饭。我不会日语她不会英语，于是在双重语言的隔阂中，我用眼神跟她说已经饿到什么都不在乎的程度了，你随便做一份即可。她也像突然明白了似的，转身就走进身后的小厨房。

在等待间隙，她先送了我一份下酒菜——日本有些餐馆有这样的习惯，怕食客等待过程中无聊或太饿，通常会上一份下酒菜。她递给我的是一小碟看上去非常普通的金枪鱼拌生菜沙拉，入口味道却非常不凡。生菜切得极细极脆，金枪鱼也是新鲜腌制的，不像一般餐厅是用金枪鱼罐头。最恰到好处的是她调的酱汁，美乃滋的影子在其间一晃而过，又有些微苹果醋的痕迹，还混合着一种牡蛎汤熬剩下来的汤头甜汁。

良久，端上来一份厚重的咖喱饭配炸猪排。由于这家店用的是当地新鲜猪肉，所以立时和之前吃的那种死气沉沉的炸猪排严重区别开来。猪肉炸得通体金黄，本身的口感在舌尖非常活泼地跳跃，使人一连吃了几口都不觉得腻，正是猪肉本该就有的淳朴味道。

最妙的是旁边乌浓的一摊咖喱。混合了八种调料的独特秘制咖喱汁，吃出了一丝味增的味道，内里包裹着咖喱的绝配——土豆、洋葱。从干的猪排直接过渡到湿的咖喱，不得不说是一种天作之合。

《孤独的美食家》最让我感动的一集也是五郎独自吃咖喱饭那一集。当他心满意足地吃一份咖喱，老板娘也欣慰地看着他吃得如此之香的时候，闯进一个醉酒、挑衅、批判咖喱廉价的食客。那一刻，一直用诚挚态度看待美食的五郎愤怒了，非常英勇地捍卫了自己对于咖喱饭的热爱……

村上春树说，人的成长不过是一个逐渐适应孤独的过程。这种事情想深了都是一种悲哀。

在我独自吃饭的过程中，老板娘不时用谷歌查着自己想要和我交流的话，认认真真地抄在纸上递给我。我把答案写在问题旁边，她再拿回去一一查出意思。如此一来一往，我不由被这种充满诚挚意味的交流所感动了。有时，语言不是隔阂。真正隔阂的，是人心。大多数情况下我们不懂一些语言，只是因为我们不想懂得那些人。而有时，说着同种语言，还是隔了千千万万个误会、曲解以及傲慢与偏见。

咖喱饭旁配的自制腌菜也是亮点。白白的腌萝卜片，别看它普通，一咬下去，是自制的还是外边买的一吃就吃出来。第一秒钟，腌萝卜片会泛上来一股浅浅的馊味，可是继续沉浸下去，自制腌菜的那种质朴和纯真就涌上来了。那一瞬间，仿佛看见春日清晨，一个穿着和服的老奶奶，在刚下过春雨的廊檐下辛勤地将白萝卜放进经年的黑色老瓮……

三毛曾写过一篇《沙漠观浴记》，而日本的泡汤文化有时也往往让人叹为观止。在东京市中心的一条街道上，突然看见了一个非常奇异的日式二层矮宅，上书“湯”。我想，这就是日式沐浴文化吗？怎么也应该体验一下。

一掀门帘，就赫然看见“男”“女”两个字。我拉开写有“女”字的木质推拉门，眼前的景象立刻让我震惊了。

三四个浑身一丝不挂的日本老太太，就那样坦然地在公共浴池旁擦洗身体。我想，这也……太没有隐私了吧，一开门就“直奔主题”。而后，更让我震惊的是，右手边的没有任何遮挡的柜台后，就站着一个穿和服的老头子……

没有任何遮挡，就是说如果他想，他可以随意凝望女性浴室。

老头子用日语问我些什么。我照例又是完全听不懂，只得用英语跟他解释。可是，奇异的是，在这我从未见过的澡堂景象中，我却没有一丝一毫觉得猥琐。不知为什么，或许是老头子神态间的诚挚和坦然，以及澡堂里老太太们天人合一理所当然的泡澡状态。

我一边道歉，合上澡堂的木门，转身走进东京秋风沉醉的夜色中。

打开一罐北海道札幌出的冰啤酒，就是那种罐身有黑星星标志的，在面海的小房间里一个人喝着。我是不能如《且听风吟》中那般潇洒地去深夜海水边默坐的，因为不会开车。在这个海风猛烈灌入的房间里，我感到我们的人生终究真真正正是局限的。

明天，当有另一轮太阳升起，另一种生命开启时我们的生命中充满错过和悲哀。然而这一切都是无法避免的。

台北印象

我们每个人在人生中，都有着自己的忧郁和不定。有些忧郁被否定了，有些不定被稀释了，但是，那样，也并不代表它们就不存在。

住在台北内湖一座山旁边的高层公寓里。那几天刚好下雨，于是风阴阴地冷。早晨起床，拉开通往阳台的门，一股澄澈的山风立即猛烈灌进，我捧着一杯不加糖的黑咖啡，坐在阳台椅子上慢慢喝。深吸一口气，一股因为不一样的空气而涌上来的窃喜，让我顿时筋骨疏松。

出门搭“捷运”。稀稀朗朗的台北地铁让人不那么压抑。地铁中有夜间妇女专区，从女性站在地铁门外白线的那一刻，就全程都有摄像监控，让夜间出行的女生，多了一层保护。一个防止“痴汉”的有效措施。

在忠孝东路上行走，经常能看见台湾那种极古老的房子，三毛、白先勇文本中旧时代的影子。破旧的沿街二楼，棕黄色墙体上挂着绿色牌子，写着“某某出版社”“某某牙医”。经过一幢暗粉红色的大楼，上边挂满大大小小的各种夜总会、卡拉 OK 的招牌，让我不禁想起周立波“水深火热”的梗，心下忍不住暗笑。

晚上，台湾朋友带我去了一间很有名的姜母鸭店。一间热闹市井的店堂，让人感觉，这样热闹的店，一个人去是真的不行的。

冬天吃姜母鸭真的很适合，于是不大的店堂里挤满了人，甚至坐到了外边的人行道上。面前桌子上挖了个洞，六边形中间穿孔的台湾黑炭妥帖地堆在炉内。不久，店伙计端来被熏得发黑的砂锅瓮，里边是静止的混黄色姜母鸭汤。水开，如滚滚黄河，我们将小 S 最喜欢吃的猪血糕和高丽菜、炸豆皮、木耳放入其中，边涮边吃。烫得滚滚的菜和滋补的鸭汤，再配上冰镇的台湾特有的蜂蜜啤酒，一切用恰到好处来形容，已属低调。

我瞥见店堂左侧墙的上方，贴着一条红色横幅，上写：勿谈政治。正在这时，朋友突然低声说："天哪！那是不是五月天？"

我抬头一看，只见一个穿黑色 T 恤、戴灰色帽子的男子和一群人走入店内。

"好像是玛莎。"朋友轻声确认。

受邀去友人家参加聚会，认识了独立摄影师 Lynn。她目前有一个自己的工作室。她给我看了她在美国独自公路旅行的照片。两个月，从洛杉矶到芝加哥。并且她那时刚巧手机出了毛病，以至于一路上精心准备的歌单没办法播放，所以整个公路旅行是没有任何音乐的。她静悄悄地过了两个月没有音乐、没有网络、没有手机的生活。路过加油站时以垃圾食品果腹，和加油站小哥瞎聊天。路过小酒馆时她进去喝啤酒，醉汉总在探讨人生意义。亚利桑那、新墨西哥、俄克拉荷马、阿肯色、田纳西……她在沙漠与森林中穿行，很多天的景色，都是一条笔直如线的公路以及公路上的白线，就这么一直开着。她看见熊在吃鹿、鸟在飞翔，看见闪躲的刺猬、孤傲的雄鹰。

我一直对敢于一个人公路旅行的人极为佩服，因为那么漫长的独处时光，该得多么耐得住寂寞，并且真的需要有很多想法在广袤无垠的旅途上消磨时光。

近年来接触的台湾年青一代总让我产生这种感慨：他们真的很喜欢旅行。我时常想，或许正是由于身处这样一个小岛，才让他们产生那么强烈的走遍世界的欲望。曾经三毛的“万水千山走遍”让我们认识到一个女人内心的世界可以多么宽广，如今，这个岛上正出现越来越多这样的人。

“你永远无法体会，当我在美国进行横贯东西的公路旅行时，经常一整天的景色就是沙漠。那种始终没有边界的感觉，在台湾真的很少体会到。地理上没有边界的感觉，让我如此迷恋。”Lynn 说。

在内湖住了一阵子，我也住腻，于是将住所换到了大安区，师大附近一处极古老的公园社区。住的公寓楼本身虽然是新的，但四周都是一些灰黑蒙尘的老房子，早上可以看见上了年岁的阿嬷坐在小板凳上准备年菜。一大堆即将要做的卤蛋放在洗澡用的那种大铜盆里，她用清水和刷子一只一只洗着。我心中不由一阵感伤，老人家一年到头盼的，无非就是一个游子归家的日子。

我在附近一处很深的小巷深处的一家很老的店买鸭血豆腐。在问口味的时候我用普通话跟老板娘说微辣。旁边老板娘的母亲却说："弄辣一点，他们的口味，要更辣的。"

我知道"他们"指的是大陆人，内心只在一瞬间觉得有点刺耳。只有一瞬间。但几乎在下一秒，我就瞬间想通了。面容和蔼的阿嬷真的没有恶意，只是或许去旅游的大陆游客，面对岛上基本上还是比较清淡的饮食，总不可避免要辣的，于是久而久之，阿嬷就形成了某种固有印象。

其实，在台湾，你经常能感觉到民众的善意。在桃园机场下飞机后，我去搭机场巴士，在等的时候我不太确定那班巴士什么时候到，于是随便问了身旁的一位大叔。他努力帮我盯着大屏幕上的时刻表，发现果然没有显示时间。"怎么回事呢？"他嘟囔着，"我也不知道。"说完，就起身离开了。

我当时讪讪的，心想没关系，反正喇叭里到时会播出车次。过了几十秒，发现那个大叔居然拉着车站工作人员走过来，一起耐心地为我解释我等的巴士什么时候到，我要在哪个出口等。

那天的台北刚巧下雨，很冷，但是，我心中却感到一股浓浓的暖意。

有的时候，我们真的要相信一种人性本身的美好。尽管在这世上，你会遇到很多无聊和阴险，但不要因为这些格局不大的消极而遗忘了很多其他的美好。

很多时候，我们对于事情的看法，不应该来自他人，不应该来自媒体，而应该来自自己的眼睛。

在西门町一处不起眼的临街小店里，我发现了极好吃的台湾粽子和鱼丸汤，他们叫作“棕汤”搭配的。鱼丸汤的清甜让人觉得恍若初恋，肉粽里边的肉多到夸张，而且，除了肉还有花生、咸蛋黄、板栗、香菇……美中不足的是味道都有点偏甜。我正在吃的时候，门口一辆黑色宾士发动，接着我身后桌独自吃饭的一个黑衣中年男子缓缓起身，走进门口司机开好门的宾士……我不由一阵窃喜，感觉自己从来不看攻略也能误打误撞找到好店。此时正逢门口民进党“扫街”的宣传车路过，喇叭的喧哗通街可闻。大选前的最后一天。

几天后，我去花莲看海。住在一座背山面海的孤高的建筑中。灰色墙体已被湿气熏得生苔。早晨醒来，微明的天色，打开藕荷色窗帘，窗外，是美得让人惊心动魄的青白色大海。翻滚的，是欲望，是潮湿，是永远填不满的人心。

梳洗完毕，我撑着伞，沿着山路斜行，在微微细雨中走进一家叫作“枯蓝”的海边餐厅。海边风很大，又夹杂着台湾冬天的雨，一切显得更加迷蒙起来。坐在二楼阳台面海的桌前，我披着一条厚披肩，侍者端来一份云朵咖啡，一碟松饼。云朵咖啡应该也是台湾特有的一种事物吧，《康熙来了》里边的曲家瑞老师推荐过两次。此刻眼前棉花糖做的“云朵”在咖啡热气的蒸腾下，簌簌下着糖雨，和不远处海上的微雨，遥相呼应。

经常有人说，不明白你们“看海”“听雨”何以可以看或听一个月，同样一片海，看久了不觉得腻吗？但是当我坐在向海的窗前，看着大团大团阴色的云慢慢逼近，接着，远处天雷滚滚，开始起雾的时候，我突然感觉到一种前所未有的契阔，仿佛一整个世界都可以输掉的感觉，只要内心足够坚定。

纵使一切泯灭，我们还有自我可以相信。

晚上，我下楼从冰箱里拿威士忌，路过客厅，只见落地窗外一片黑暗。我拉开门，一股猛烈的海风灌入温暖的室内。我突然间无比清醒。一切都是如梦如幻月，若即若离花。

这片土地，三毛曾在这里“拾荒”，拖树根回去当艺术品，余光中曾在海边不时想着“在这头在那头”的，九把刀曾在这里追了多年的女孩，还有不可忽略的琼瑶阿姨。但是，于今天的我们，这片土地又是一个什么样的地方？

楼下，一个人用口琴寂寞地吹着《鹿港小镇》。台湾的一切，就这样随风潜入夜了。

三毛的台湾地图

三毛这个女人真的很智慧，情可以动，心却不能移。这个世界有太多我们喜欢的事物，于是尽可以去爱它们。但心，却最好妥妥帖帖放在一处地方，“轻易不去搬动”。

三毛，这个一生流浪的女作家，两岁时就迁居台北。她在此成长，直至二十四岁出国留学。台湾这个地方，对于三毛的性格、文笔的初步形成，无疑都发挥着奠基性的影响。或者说，三毛之所以是三毛，台湾，是她的起源。

在三毛的世界里，可以说有“两个台湾”。一个是她出国之前，我们在《倾城》《雨季不再来》以及《稻草人手记》的部分文章里感受到的台湾。那个童年时期自卑、敏感的小女孩倒霉地遇上了变态的数学老师，给她画鸭蛋从而导致了童年阴影。这个台湾，是包含着她的童年、初恋、对看书的痴迷、喜欢种种老东西、从小志愿是做一个“拾荒者”的台湾。另一个台湾，是在《我的宝贝》《背影》《哭泣的骆驼》《梦里花落知多少》等作品中出现的台湾，是她失去荷西以后，倦鸟归林的台湾。那时的她，声名已盛，一回到台湾，各种演讲、邀约、应酬不断，让本已伤痛的三毛更加不胜负荷。这时的她，有着一双看透世事的眼睛。六年的婚姻对于她来说像一场太过完美的梦。梦醒后，这个已经漂泊了大半个世界的灵魂不知所措。回到台北，回到父母怀中，看似是疗伤，但是面对亲人时，出于孝顺又不得不掩藏真实的心绪。这一切，实是为她本已受伤的心灵，又不知不觉加上了一重枷锁。“回到台湾之后，发觉我突然属于许多人。”她在《狼来了》里说。在《周末》中，她又说“孝而不顺”一向是她自知的缺点。

一百三十三巷

三毛在《初见茅庐》里写：“居住在台湾，我的活动范围大致只是台北市的东区。这个东区，又被缩小到一条路——南京东路。由这条路，再做一个分割，割到它的四段。由这四段，来个横切——一百三十三巷，就是我的家了。”

今天的一百三十三巷，虽远没有三毛在散文中描述的那样热闹，但仍给人一种熨帖的感觉。灰色的台北砖石建筑，不高的公寓楼，零星几家阳台被漆成鹅黄色，但已经褪色，蒙上岁月的痕迹，所以显得陈旧和斑驳。有一家茶坊，也关了门，不知是否是三毛在《我的宝贝》中花了三篇篇幅所痴迷描述的“一来它近，二来它静，三来它总叫人心惊”的“茅舍”旧址。

去的那天是阴天，所以整个一百三十三巷，给人一种阴阴的感觉。并且由于是周日，很多店铺均已关门，显得极为寂寥。

台北目前仍有很多旧建筑，能让人触摸到旧时代的影子。

三毛在散文中把一百三十三巷描述得活色生香、市井热闹，“一排排菜肉摊好似水彩画，不到晚上九点以后不打烊”。“从巷口开始，火锅城、盐酥鸡、爆米花、小蛋糕、咖啡馆、西药房、文具店、烧烤店、杂货铺、牛肉面、肉羹摊……”她一连串地从头数到尾，宛如一场流畅的舞蹈。字里行间，是一份移也移不开的“淳朴的台北”，当时失去荷西的她所需要的一种“亲爱精诚”。

如今的一百三十三巷里，三毛所描述的那些店铺或摊档，大都没有了，只有牛肉面仍爆发着勃勃生机，是台湾文化的重要组成部分。整条巷子仍有台北繁华街道背面的那种静谧和鲜活的市井气，只是，我真的已寻不到她当年所描述的那种跃然纸上的热闹。

不过，走在巷子里，我仍能体会到三毛笔下所描写的台北人善良、温暖和乐于助人的特质。在巷子里漫步，赫然看见一家台湾特色的热炒店，于是我迫不及待地走进去。鲜活的青红椒，在大锅热油中爆炒着新鲜的蛤蜊，端上来一盘，冒着热气放在我面前。一瞬间，冬天所有的寒气都被驱走了。我边吃边想，这蛤蜊，不知跟三毛童年时与堂哥一起去淡水河边摸的蛤蜊，是否味道相似。付账时，台湾老板娘看我穿得少，立即问我冷不冷（我去时正逢台湾罕见的寒流过境），并热心指出小巨蛋附近有家 NET 的店，羽绒服只要人民币三百多元，让我赶紧去买。我一边付钱一边说谢谢，心里想，当年三毛在文章中满溢出来的那种浓郁的温暖，应该就是在这样的邻里关怀间所滋生的吧。

三毛特意介绍，“巷子的左右两边，一共排了四五行”，叫作“弄”，并且只要在这些“弄”里走走，“光是看看别人家的大门和各色各样的阳台，就可以度过极惊喜的好时光”。于是我也这样游走着。

一个转角，突然发现一家特别有意思的“咖啡摊”，干净整洁的蓝白色调装修风格，如果在阳光下，这样的摊子必是极美的，有欧洲海边小城风味。再细看，桌子上的咖啡机器，一点也不马虎。老板穿着厚实的紫红色防风外套，坦言台北从来没有这么冷过。

他的咖啡豆和咖啡机较为地道，做出来的拿铁是我喜欢的奶偏多的那种，不很苦。一个上班族模样的男子，坐在他的简易小摊子旁，在笔记本电脑上查看着什么。

我一边喝咖啡一边跟他们聊天，问：“你们听说过这附近住过一个叫三毛的作家吗？”

老板说："就在后边那个楼。可惜了，今天隔壁冰店的老板休息，不然，他能跟你说很多关于她的事。他们曾经很熟。"

我望着隔壁冰店紧闭的卷闸门，内心体会到了什么叫"望洋兴叹"。

他又指着咖啡摊正对的一座蓝、绿、黄交错的彩色建筑，说："那是'云门舞集'的林怀民曾经住的地方。"

没错了，就是这里。已经确定这条巷子是三毛在荷西死后，在台北父母家附近居住过的地方。她曾在这里买了一个小公寓，花了很多心思装修，并在这里邂逅了一个特别脱俗的叫"茅舍"的茶馆，以及和林怀民同住一个社区。

与林怀民做邻居的事，她除了在《我的宝贝》中写过，在《雨禅台北》中也提过。

再接着继续走，我又慢慢感受到了她在《周末》中渗透出来的那种忧郁。当时三毛的灵魂应该已经开始痛苦了，然而所谓作家的挣扎其实是同一回事，因为自身的不同，所以在世俗生活中，无限痛苦。《周末》其实是一篇极寂寞的文章，那种淹没在一片无人理解中的深重哀愁，就是在这条巷子的一间公寓里写就的。

牛肉面店

“后来，没有几天，又在街上看见他，台北桃源街的牛肉面馆外边。他低头在踩摩托车，口里叼着一支烟，身后跟着一个穿迷你裙的女孩。还记得，他们上车而去的时候，那套西装在夜风里飘出来的是一块大红的衬里，女孩的手，环在腰上，那么意气飞扬地招摇过市。他没有看见我，那个手里拎着一袋书，看到他就站住了脚的人。”

三毛在《他》中，这样描述自己的大弟。同样是一篇温暖感人、充满真挚情感的散文，其中不可忽略的一个场景，就是台北桃源街的牛肉面馆。如今，桃源街的牛肉面依然很有名，桃源街也因此被称为“牛肉面街”。

牛肉面，可以说是台湾文化的重要组成部分。台湾人对于牛肉面的热爱，几乎达到了一种偏执的程度，并且，喜欢“清汤牛肉面”和“红烧牛肉面”的人还分成极为鲜明的两派，私下里时常争论，谁也不服谁。每个人都有自己心中最好的一家牛肉面店，除非最好的朋友，一般不与别人分享。

此刻我走在桃源街上，并没有看各种攻略，只是凭直觉选了一处看着顺眼的牛肉面馆。不知是不是三毛当时看见大弟的那一家。进去要了一碗综合面，就是牛肉、牛筋都有的那种面。端上来，我先喝了一口汤，立即理解了为什么牛肉面在台北人心中占有如此重要的地位。这碗面，牛肉纹理恰到好处，牛筋烂到一夹即断，清汤熨帖纯正，辣椒酱耿直诚恳。吃肉，喝汤，嚼面。最终觉得一切宛如盛夏的一场旧梦，清香回味。

这一吃，才觉得桃源街的牛肉面，自三毛那个时代就那么有名，果然不无道理。希望这家小店，三毛当年也吃过吧！

值得一提的是，桃源街除了牛肉面店，还有很多其他百年老店，比如包子、菜肉馄饨等。这条街可以说是一条台湾比较出名“外省美食”街。我们经常听到台湾人提到的“外省人”，是指1945—1980年从大陆迁居台湾的居民，而更早之前便移居台湾的闽南裔与客家裔族群则被称为“本省人”。三毛的一家，某种程度上就可以说是“外省人”。

迪化街

“迪化街的布行里，一次又一次地去找花布，要最乡土的。”

“那种，你们老祖母时代留下来的大花棉布，越土的越好。不，这太新了，我要更老的花色。”

三毛这样写道。

我那天是雨夜中去的迪化街，很美，正如三毛说，台北“落着微雨的深夜”。昏黄的灯笼，在台北冬季沙沙的夜雨中一盏一盏亮着。旧式建筑，代表着日据时代的一段历史。

三毛当时是去迪化街买那种最古老的台湾土布做窗帘，也买布请人做了两条不甚合己意但又不好意思退去请人家改的裙子。然后，在《周末》中，她一个人，谢绝所有饭局，将门紧锁，嘱咐姐姐、弟弟周末不要来，将那两条裙子重新拆开、剪裁，一针一线自己改了起来。三毛是那种不喜欢去凑“不真实的热闹”的人。

那天我去迪化街，发现卖布的地方果然极多。我拣了一处店面陈旧、店老板看上去“很古老很台湾”的店铺去挑布。忠厚的台湾老人在灯下帮我细细选着，一面用闽南味的汉语为我介绍：阴蓝碎花、墨绿滚绸、鲜红嫩黄、乌银含丹……我在昏黄的灯光下看着这一匹又一匹美得像油画的布料，每一匹都想买，但望着手中已经大包小包的物件，只能忍痛割爱好几匹。

迪化街很有意思，它是一条与海平行的街。因此沿着迪化街走，往左穿入其中任何一条小街，你都会走到面临港口的大路，然后目睹一道高得惊人的防波堤，让你无比好奇堤后的情景。朋友跟我说可以去港口看夕阳，当年她祖母和祖父谈恋爱的时候，就喜欢在港口一带漫步。今天，迪化街附近有一间很老的意面餐厅，朋友跟我说，她祖父母当年谈恋爱的时候，就是在那家餐厅约会呢。

事实上迪化街确实有种烟愁旧恨的感觉，某种程度上，三毛的后期写作也飘浮着类似气质。1860 年，淡水开港，大稻埕和艋胛均是港口卸货的地方。大稻埕是日据时代台湾富裕人家居住的区域，而迪化街又是大稻埕区域里一条很重要的街道。今天，迪化街仍有很多细节十分经得起推敲的老洋房和公馆。

微雨中走在迪化街及附近，似乎能体会到油画上浮凸的树枝笔触那般惊梦人的感觉。一湾斜雨，半生悒郁。我穿过旧巷，看见一个身着圆领白棉衫的老人，坐在一屋杂物中间，看着只有二十世纪才用的那种带天线的黑白电视，吃一碗油乎乎的惨淡白饭。而不远处，就是吞吐万千货物的台湾海峡，以及两岸细雨蒙蒙的平凡人生。

今天的迪化街，仍然是台湾人采买年货的地方。由于距离港口近，再加上大稻埕原是各个洋行的所在地，所以至今，整个迪化街的南北行都十分繁盛，不时可见卸货的工人，将一大箱一大箱的海味，搬到店铺中去。而且大稻埕曾一度茶叶贸易繁荣，培植出的安溪乌龙被英女王称为“东方美人”，所以今天的迪化街一带，茶行也十分多。我去的时候已将近春节前夕，只见各种海味店、糖果铺、药店、厨具用品店、竹制品店的生意都极好。人们脸上一派喜气洋洋的表情，似乎每张脸的颜色，都是红扑扑的。

三毛住在台湾的时候，很喜欢买台湾的陶器，在《不约大醉侠》《华陶窑》等文中均提过买陶之事。她对于陶器的审美，是一定要那种“拙”的，不喜欢太过规整的作品。我在迪化街走进朋友推荐的一家陶艺店，店内卖的均是本岛的原创陶艺师作品，我也挑了一个颇古拙的杯子，试图触摸三毛当年买陶的心境。

童年踪迹

三毛刚到台北的时候住在建国北路“一幢小小的日式房子”里。那时的台北城，也多是矮小的日式木造房屋。在朱仑厝，她还曾因为进榻榻米要脱鞋子而非常高兴，因为她小时候不喜欢穿鞋子，喜欢赤脚走路。放学回家时，她会经过一条舒兰街，将脚冲洗干净，穿上鞋袜，才走回家。年幼时她在顾福生的画室里学画画，当时的中山北路，有“陪外国人吃饭的吧女”。三毛当时买了一双露出脚面太多的鞋子，她父亲曾这样批评她。

今天的建国北路，仍然是台北市重要道路，却早已是高楼大厦林立，再也找不到三毛一家初时居住的小小日式房子。其实，别说是 2016 年，当年，三毛自加那利岛回台时，就发现“日本房子没有了，我迷失在高楼大厦里”。今天，连对三毛文学道路产生重要影响的建国书店也找不到了。在《逃学为读书》里，她曾如饥似渴地去这家书店租书、阅读，一整个夏天，眼睛几乎看瞎了，“跌入这一道洪流里去，痴迷忘返”。

三毛在台湾的时候，最喜欢做的一件事便是在台北大街上随意游走。在《雨禅台北》中，刚回台的三毛因为应酬太多，其实很累，有一天下午发现自己突然多了两小时的空当，便迫不及待地赶到父亲办公室，抓他陪自己在大街上闲逛。“我要的是在我深爱的乱七八糟的城市里发发疯，享受一下人世间的艳俗和繁华。”她在《雨禅台北》中说。

今天的台北，随意步行起来，仍旧十分合适。台北旧建筑保存较好，所以有时望着那些十分陈旧的楼房，几乎一下能想象出这么多年台湾所经历的历史事件，它们都像化石一般，被保存在这些富有历史韵味的旧建筑里。走着走着，我似乎触摸到了这座城市的脉搏。

一路上走，看见有人拎着竹篮在卖玉兰花，三毛当年在等红灯时总喜欢买一串。这种篮子里的玉兰花，在中国江南城市里也很常见，只不过冬天就少了。我买了一串，在冬日的台北街头，居然闻出了水乡的清香味道。

“西门町以前想来很远，今日想着它就在眼前，少男少女挤着看电影，我没有去挤，电影也没有散场，我只想看看里面到底在演什么，我就进去了，没有人向我要票，我想告诉一位靠着休息的收票小姐，我没有买票你怎么不向我讨呢。她好似没有看见我似的——多年来被糖尿病折磨的身体，一点也不累了，我行路如飞——我是在飞啊——百货公司我没有去过几家，台北什么时候多了那么多迷城也似的大公司？”她在《轨外的时间》里这样说。

西门町是台北一处热闹之地，自 1896 年有了第一家戏院“东京亭”以后，它的影剧文化延续到了今天。如今的西门町有着众多影院，可以说是台北人看电影的首选，而它更有一条电影街，那里的涂鸦非常有意思。

西门町还有著名的刺青街、穿洞街，更吸引了许多酷酷的年轻人。面线、珍珠奶茶、刺青、穿洞、cosplay（角色扮演）……难怪当年刚回台湾的三毛不习惯这种“年轻人的冲撞”，在闹市中，也会觉得寂寞起来。

淡　水

坐捷运（台北地铁）一直往北，在红线的终点站，是淡水。淡水，三毛提过，是她经常和全家一起吃海鲜并在老街买古碗的地方。如今坐捷运一路北上，会经过以温泉出名的北投。北投仍属台北市，但终点站淡水，则已属于新北市。由于经历过日据时期，如今这个地区的温泉文化，也让人有“小日本”的感觉。

三毛去淡水的路线一般是这样的：经内湖开车上阳明山，穿过后山公园下到北投，经过北投，再去她最心爱的淡水小镇看古董。

朋友跟我说，在台北，凡是能看到大片水域的地方，不用问，几乎都是那条淡水河。淡水河是三毛小时候和堂哥一起摸蛤蜊的地方，在《呼唤童年》里，三毛说，自己一生中最快乐的时光，是淡水河给她的。

出了淡水捷运站我立即跳上出租车，一路行驶，终于来到当年三毛特别喜欢避世的沙仑海滩。彼时是冬天，接近于白色的海，就这样横在我的面前。坐在海边的咖啡馆中，未几，天即变色，大团大团阴色的云慢慢逼近，接着，远处天雷滚滚、开始起雾。我突然感受到了三毛在文章中描述的那种“放空”的没有压力的感觉。她时常觉得台北特别压抑，所以经常开车来邻近的海边纾解情绪，而且，一定要那种空无一人的海滩。

三毛回台湾后，还买了一座海边小屋。在写给父母的信中她说：“我很喜欢这小房，对着大海，但不吵。”这座房子一直鲜为人知，据说是只有三十多平方米的小屋，里边是三毛喜欢的那种原木装修风格。面朝大海，可以说是所有文艺者的一个共同情结吧。

三毛曾经说：“真正的快乐，不是狂喜，亦不是苦痛，在我很主观地来说，它是细水长流，碧海无波。在芸芸众生里做一个普通的人，享受生命一刹那的喜悦，那么我们即使不死，也在天堂。”

这段话，再对比她今后的结局，我们终于知道，于俗世，她是已经尽力了。

我们此刻的江南小镇

正是江南好风景，落花时节又逢君。

住在一座有几百年历史的徽派木质老宅里。早晨起来，披一张毯子站在二楼的檐廊里向下望，底下一个正方形的池子，汪着一池“绿如茵陈酒”的水，数条红、白、黄三色锦鲤嬉戏其中，搅动一池秋色。池中偏左的黄金分割点有两株修长水草逸出，亭亭蔓蔓。正中衔一个木质小戏台子，据说也曾请过一两个清妆姑娘来此唱昆曲、评弹、弹琵琶。整个宅子围绕着这个池子也呈正方形格局，一楼会客抚琴喝茶听雨，二楼用于居住。

此次下江南，半是受友人之邀，半是自己想去讨一丝听雨的宁静。于是不远万里，数次颠簸，终于来到这片我曾经很是向往的精神归园。幸运的是可以暂居此徽派老宅，或许也得以更加深入肌理。

下楼，坐在正对池子的圈椅上，厨娘立即低眉顺眼地捧来一杯沏得酽酽的茶，恰到好处地唤醒了我清晨的困意。微雨极细地下着，厅堂深处，有人在弹古琴。十一月的江南清晨，微冷，我将毯子盖在腿上，看檐下滴落的雨帘，落在池塘上，星星点点，似有一种极深的禅意。江南的雨，是总能有这种让人心瞬间静下来的功效的。

我们的人生，或争荣夸耀，或风风火火，或曾相信一切，或曾野心勃勃。然而最终避到这江南来的人，似乎都有着或多或少的出世之意。不是没争过，而是不会争，或是争得没有别人多、别人好，于是该退的退，该散的散，退到这洗尽铅华之地，倒也得个更纯粹的自我。

人生在世不称意，明朝散发弄扁舟。

午后出门散步。横跨一座大桥，眼见一片江南烟雨蒙蒙之地。桥下一湾两岸，岸这边，多是大户人家的深宅大院；岸那边，则开始细细碎碎地呈现小户人家的二三层小楼。小巧的粉墙黛瓦建筑群。传说这一片地区，原是大户人家的下人居处。当时董家要和林家结亲，林家说你们家的房子太小，我们小姐陪嫁就有一百多人。董家说，不妨不妨，那么我们就重新给下人盖一片宅子。这一盖，就盖了几百间。江南多隐形富豪，到今天仍是如此。

我们这一生，遇到“小姐身子丫鬟命”的人居多，多少个心比天高命比纸薄，然而到头来，大多是“我未成名君未嫁，可能俱是不如人”。

穿行在这些木头朽旧的抄手游廊中，在任何一个拐点转身回望，都会见到重重拱廊构建出的一种层次感。经年的木门蒙满了灰尘，偏僻的巷子里弄，石墙已斑驳破损。灰黑色的吊脚屋顶，屋檐底下依稀有燕窝的痕迹。“小燕子，穿花衣”，原是南方地区大家都会唱的一首民谣。不时遇到一所荒宅，没有玻璃的窗框上攀着不知名的藤蔓，室内蛛网遍布，俨然《聊斋》里狐狸精变幻出来的用来骗书生的那种古宅。

偶遇沿街一家随意的小门脸，号腹鸣饥，门口阿姨又“蛮巴结”，遂坐在岸边小圆桌前，让她随意给我弄些江南人家的家常菜。小炉小灶，最是寻常滋味。她开的这爿小店面，本就为女儿和外孙方便来此歇脚所设，因此他们自己中午吃什么，我就吃什么。

一碗金黄雪白的蛋炒饭，上撒薄薄一层碧绿的江南小葱——他们自家种的。等待的间隙，阿姨还送我一碗莲子茶，极浓，一搅，觉得果如张爱玲所说的“浓稠香甜，越搅越甜”。接着端上一碗排骨黑木耳汤，清汤，用蓝边小碗盛着端给我，说已炖了一个上午。入口清淡鲜美，间接喝出一点点当地去腥的黄酒味道。

我坐在沿河的小圆桌旁，脚下，是生长千年的碧绿青苔，衔接着身边河水，河水的绿色衬着河对岸的白墙黑瓦。一个老奶奶，在河边的台阶上洗衣服。身后的一株桂花树，于此时节，居然还依稀散发出桂花的香味。

那天是工作日，所以竟然一个游客也无，让我不由一阵莫大的欣喜。

阿姨给我做完吃的之后，抱着两岁外孙在隔壁桌剥石榴吃。不时有往来邻居逗弄伊怀中小儿，用吴侬软语说着："小人好漂亮啊。"一切真是再熨帖舒适不过。

吃毕道谢。继续闲逛。半下午的江南光景，经常听见沿街小楼传来阵阵麻将声。江南的闲适熨帖，自古就有，所以才有暖风熏得游人醉。《桃花扇》中，侯朝宗当年也是名落孙山之后，在江南天天赋诗饮酒，以为娱乐。江南自古以来就有着这种文人退隐或被贬谪后偏安一隅的气氛，虽没有压力，但细品总有着淡淡的怀才不遇的落寞。

沿河而居的小房子，多是市井的小门小户，而江南真正深刻的，是更深处的高堂大宅。走进镇子深处，偶尔能瞥见这些高墙深院。内里的内容我们是怎么也不可知了。身在江南，远离朝堂，但又心心念念不忘那些更远处的理想。

晚上友人带着去了一处特别脏、特别不起眼的大排档，吃了有名的"湖羊"。一直以来，在我的印象中，吃羊似乎北方更胜，不料吃完这碗羊肉汤我才似乎真正理解了"好吃到哭"的意义。羊肉鲜烂，汤清而不腻，红色杭椒自己任加，切得碎碎撒到汤中，和落英缤纷的碎葱红绿相间。咸度恰好、辣味鲜活，再配合一碗江南地区特有的葱油拌面，让我品尝了一种不村不俗的美味。

吃完羊肉面，弯月已西，树影在墙，我们缓缓走上坡，来到沿河一处小茶馆，也是朋友的熟人开设的。此次来江南，就是各种喝茶。清早一杯绿茶提神，下午坐在沿河的露天座位上喝茉莉香片，晚上吃毕饭也会寻一处小茶馆消食。落雨时，晴天处，阴天中，江南的一杯茶，似乎浓妆淡抹总相宜。

那晚喝了一种枣味颇浓的白茶，年份不短。第一口花香四溢又带有一种清甜，感觉茶的“雅”立刻化了羊肉的“俗”，整个江南夜晚，也就特别阴阳协调、互为补充。

心事竟谁知，月明花满枝。我们一直喝到十一点方回。让我不由再次感到江南生活节奏之慢。我本是个“咖啡人”，较少喝茶，然而这次在江南小镇的各种饮茶，却让我感觉喝茶，似乎只有在江南才是极为适合的，喝咖啡，反而过于搔首弄姿。

我们在江南这蒙蒙水气中喝着白茶，望着窗外的小镇夜景，觉得温庭筠所说的“江上柳如烟，雁飞残月天”，大抵也就是如此了吧。那一刻突然感到人生以及未来，都是一种极契阔的事。

离去时路过一座古桥，颇有气韵，我们情不自禁走上去，发现有两个人在摄影，占据了最好的位置。就在我赞叹终于开始体会到了江南的酥风软语时，突然我身后一个浑身黢黑的男子用脖子上挂的小广播播放出巨响的东北二人转。让我不禁有种想跳河的感觉。

我问朋友何以至此？他们说，是为着要跳广场舞。

我心下又默哭了三千尺。

其实任何江南小镇，只要被商业盯上，即都是俗气。此镇被“开发”地域我也去过。沿河酒吧本来景致不俗，却放着任何一家俗气酒吧都能听见的无原创性喧闹歌曲。一家家沿河旧宅，不是酒吧，就是咖啡馆，剩下的则正在被装修成酒吧或咖啡馆。

人生中的某些时刻，我们都会像袭人那样，“争荣夸耀之心尽皆灰了”。这次我在江南，听评弹，听琵琶，听小调，听昆曲。不免品出那一出出悲伤人生，难免怅惘，而听罢我们依旧在湖边、河边度过一个个软风熏人醉的下午，听着隔壁人家传来的阵阵麻将声。江南的一切真的显得没有那么艰难。一个文眉系蓝花围裙的女人，在路边招呼来客。我坐在河边吃了她推荐的千张包粉丝和炒绣花锦。后者是江南清新的野菜，只随便用轻油和盐炒了一下，却异常爽脆可口。聊天得知，她一个人带一个孩子，其实也蛮辛苦。临走时买了她两包茶带着，看见她又在路边巴结着下一个客人。可怜天下父母心。清风杨柳岸的树下，她的招牌用粉笔朴素地写出自己的当日推荐。我不禁想着为人母亲这一点，确实是很不容易，从很小的一个肉球开始无限期盼，而我们成长后真正能回报她们的，其实又有多少。

人的一生就像一个圆，生命一直沿着圆的轨迹行进，看似向前，其实或许只是周而复始。

海派公寓生活的小情小调

我们人生中无数个这样的晚间，或许都有着这样的追求和绮思，然而每个追求或绮思，或许不过都是在旧梦里做着新梦。

微凉的晚间，我把一切人工的光亮都熄了。上海老公寓的深井式楼里，传来萨克斯不成调子的声音，仔细听发现居然是《月亮河》。黑胶唱片的沉缓凝滞，飘荡在我的卧房，但间接还是能听见对面某个江北壮汉强而有力的咳嗽声。临街的雕花铁窗打开着，飘来隔壁人家的炒饭香。我也吃着楼下街边买的一碗小馄饨，静思。我们人生中无数个这样的晚间，或许都有着这样的追求和绮思，然而每个追求或绮思，或许不过都是在旧梦里做着新梦。

这次去上海，特意寻了一处 1931 年的老式公寓楼住下，看能不能体会到当年她所描述的《公寓生活记趣》。

中午安顿好后去附近找吃的。在低矮的生煎店里和一对老夫妇一起挤着吃生煎。店堂窄小又生意奇好，所以只能拼桌。生煎要等。我拿着小票发呆，突然听到耳边白衣店伙的一声上海话叫喊：“生煎好了！”然而我还在发呆，这时旁边吃生煎的老夫妇忽然停下筷子，齐刷刷望着我。我这才反应过来，恍然大悟道：“生煎是要自己去拿的是吧？”由于店堂很小，几乎所有人都听见了，于是一众食客对我一边恨铁不成钢地拼命点头，一边指着店堂前面的小窗口。我走过去排队。轮到我时，手中被递过来一个白搪瓷碟子，拿在手里，将小票递给大师傅，等着他给我们每人分刚好的生煎。每到一个人，大师傅就把手中小票拿去撕裂一半，以示生煎已盛过。轮到前边一个上海阿姨，那一大锅生煎只剩两个，她连忙说：“最后剩下来的那两个我不要的，给我拿新的一锅。”雪白的搪瓷盘子里，放着刚煎好的四个饱满的生煎，缀着青色的葱丝。我突然觉得这种“仪式感”本身似乎就平添了生煎的美味。

晚上路过一个沿街二楼矮房，它的窗户还是鲁迅《在酒楼上》里提到的那种“红漆排窗”。窗内可以很清晰地瞥见一个胡子拉碴的落寞男子敞着脊背在八瓦的日光灯下闷声喝一瓶白酒，旁边摆一碟油炸花生米。我在想他又有着怎样的起伏和落寞，面上的悒郁不平之色，究竟又从何而来。

这次行走上海，让我觉得可惜的一点是，耳边听到的上海话却似乎不太多了。普通话、无为话、北方话让我以为自己到的不是上海。早几年还不是这样啊。早几年去南京路买东西，店员们还是清一色的上海话招呼，现在却几乎买任何东西都是普通话劈头而来。

是日清晨，我没上闹钟却被耳里各种“市声”天然叫醒。住的老公寓是“回”字式结构，因此各种回声清晰可听。我也和张爱玲有着一样的疑问，她住六楼我住八楼，为什么住在这样的高层，楼底下各种市井声却仍旧清晰可闻呢？

清早，对面男子的清痰声、准备上学的小孩闹声、出门买菜的老夫妇打招呼声，正午，对面人家老奶奶在走廊洗菜的声音、油沸放菜入锅的声音……似乎都发生在我耳朵底下。这一点，也是奇了。

一大早我穿过层层弄堂去买咖啡。清晨的上海，有一种刚刚苏醒的气息，人烟稀少的感觉让我有一种萧索的热爱。一路上瞥见旧式人家内部布满灰尘的红木楼梯、描黄龙大水缸、圆形的木头镜子，让我又不由驻足，觉得其上雕花不错，很想叨扰人家问卖不卖。

买完咖啡回来，我将纸杯放在枣木质地的小家碧玉梳妆台上写作，突然觉得不搭配。此时是应该喝绿茶的，并且要用一种极古的杯子。然而茶和杯，我都没有带。

这种老式梳妆台，镜子划痕略多人影不明，让我不由想起多年前看的一部鬼片《古镜怪谈》。然而昨天一晚却没有什么事情发生。

住的地方是虹口的一个老式居民区。据说虹口以前是贫民区，我是信的，从目前遗留下来的建筑可推出。随便走走就能看见很多张爱玲、王安忆描述的那种旧日上海景象。其实，张爱玲的上海是不经意的，流淌在她的血液里，所以我们看她文字时才那么舒服。虽然有作家也想模仿张爱玲专写老上海，却毕竟是刻意了，总没那么深入骨髓。

写着写着，突然窗外响起轮船的汽笛声。房东曾跟我介绍，这个地方邻近外滩，以前大多是洋行买办和在外滩工作的洋人住在这边。然而这汽笛声却让我对这个地方平添了很多喜爱。那悠长的一响，飘荡在清晨上海的空气中，终于感受到了我所追求的“年代感”。

卧房窗户能看见对面人家的天台，建筑也是老旧的，特别像小艾（张爱玲作品中的女主角）当时住的那种落魄贵族的老房子。但是，张爱玲当年描写的正午洗头的娘姨小大姐已不在了，如今只是堆着些残旧家具。而且现在的正午，纵使仍有人用龙凤搪瓷脸盆洗头，也不再是当年上海的小家碧玉了。临街的破旧小阁楼里也许曾经住着某个发奋备考的考生，如今已经移民美国，或是住着某位艳名远播的沪派美女，今天也不知流落在哪里的天涯。

我从窗口往下看，想能不能吊着篮子下去买小吃。等了半天没看到，而只看见一个穿橄榄色脏旧 T 恤的男子骑电动车迅速穿过弄堂。这次去上海，好几次差点被电动车撞到。它们永远不知在什么地方潜伏，只迅即突然出现，在你面前或背后流星一般迅速划过。我现在觉得最危险的交通工具不是汽车，而是这种横冲直撞的电动车。

卧室里的床是硬的，深得我心。江南就是多这种硬床，睡起来很舒服。然而如今我再想要那种棕绷床却似乎是寻不到了。我的背和三毛一样，不能睡太软的床。这一点写出来也许略嫌做作，却是实情。

正午，隔壁邻居拿出那种九十年代的大衣在晴好的阳光下晒。我在空气中闻到了樟脑丸的气息，也再一次喜欢上上海这座城市。大衣质地实在，剪裁板正。我好久没有见到阳台上伸出去的晾衣竿这种事物了，觉得这又是中国人极聪明的一种市民智慧。我奶奶至今仍用着这样事物，我小时候最喜欢帮她晾衣服。

住这种老房子，最有意思的是那种“众生态”，有《72 家房客》那种感觉。每一扇窗口、每一座阳台，你都可以瞥见不同房客的不同风格。神经兮兮的留洋归来的音乐家，长发飘飘、诗酒风流，却会跟楼下卖菜的老奶奶为一根黄瓜还半天价；早年来上海的苏北壮汉，说着一口苏白，家里的装修当然也是粗犷实用，没那么精心；来上海打工的安徽一家人，在附近做着餐饮生意；有些心灵手巧的上海人，竟在自家阳台攀了葡萄架，让你觉得他（她）如果在家里酿葡萄酒，也会是一件没有多惊奇的事。当一阵小雨飘过，总有个热心的声音喊着“下雨了，收衣服了”，于是各样的人从各自的红漆小门里跑出来，慌忙收起衣服。

不一样的公寓，不一样的人生。有人在房间里弹贝多芬，也有人用笛子吹《九百九十九朵玫瑰》。有一家在煎着牛排，也有人家里在炒着一碗蒜瓣苋菜。有一家小两口在拌嘴，另一家正在举办派对，往来英文法文不断……

晚上，和大学室友重聚后归来。走在上海的洒雨的街道，想起我们的青春，突然有种很寂寥的感觉。人生在我们眨眼间就过去了，而这一眨眼的瞬间，我们究竟得到了什么，失去了什么？年轻时特别有理想，也觉得自己最终可以拥有很多东西。可是后来却发现世界并不是我们想象的样子。你觉得你该拥有的，却并没有得到；你以为已经拥有的，却在逐渐失去。所以人生是没有一种永远恒定的过程的。在昏黄的路灯光中，我穿过小巷，上海的雨滴在过客的皮肤上。一切都有种很凄凉的感觉，凄凉得让人无力，让人没有退路。

夜风舒爽，人生冰凉。

住在张爱玲的公寓

在上海夏天燠热的空气里，去公寓楼下停车棚旁扔垃圾。一转身，赫然看见一楼公寓外一个老头，在露天搭建起来的自家小厨房吃一盘炒青菜配白饭，旁边一只酱油鸭腿。边吹着那种二十世纪常见的、淡蓝色铁片的摇头电风扇。

张爱玲住的这间公寓，其实除了那篇著名的《公寓生活记趣》，我最印象深刻的反而是《郁金香》里描述娘姨小大姐挤电梯的最后一段。当年宝初毕竟没有坚持，多年后他们共同淹没在凡俗凡事中。人生的轨迹从来没有改变。

常德公寓我已经路过许多次了，然而每次都不得进，心中不免无限惆怅和向往。这一次真是十分幸运，我居然可以在其间住。第一天晚上住进去，看见水龙头上熟悉的 H 和 C，打开，发现果然如她所说的，传来那种“悲怆而空洞的回响”。

公寓门前的两扇玻璃门我是觉得非常神圣的。于是当终于有了门禁卡以后，我初几次刷上去，甚至有些小自豪，就——仿佛我也是其间的住户，就像当年的她一样。

一推开门，我就看见那架著名的电梯——她坐电梯时时常能听见开电梯的人点评楼内住户。然而，目前这架电梯已不是她当年乘坐的那种通过铁栅栏可以望见外面的了。坐那种电梯的旅程也会仓皇。现在一走进去，发现内部空间非常狭小，仿佛只能站几个人。我想，她住的时候，每次又夹了一个开电梯的坐在那儿，岂不是更挤？

坐电梯上了楼。她之前住过的五楼那间房，就是当年她母亲留洋归来，和她父亲离婚后一起和张爱玲姑姑合住的那一间。也就是这间公寓，似是《心经》里那种阳台格局的原型。许小寒年轻又任性地在屋顶花园的栏杆上坐着，楼下自家女佣在阳台上喊她和同学下去吃手摇冰淇淋。如今这间公寓，听说是空置的，房主大约每个月回来开窗透个气。楼道里的方砖，听说都是当年的，一点也没有动过，柠檬黄与珠灰的方格子形。

我住的房间门口有一扇绿色的屏风，放在走道里隔着后面的杂物。我觉得颇有古意，很是“幽娴贞静”。

常德公寓十分寂静。一梯三户加后边楼梯上来的保姆间——那时保姆是不能坐电梯的，只能从后门的楼梯走上来。张爱玲在《郁金香》里写，开电梯的看见一个抱狗的小大姐坐电梯，还要将她赶下去。《桂花蒸·阿小悲秋》的开头，娘姨丁阿小牵着儿子百顺，也是“一层一层爬上”公寓楼去给外国人做事的。和阿小中午一起吃饭的老太太，也是诚心诚意拎着冷饭爬十一层楼上来的。

我房间的窗户正是我喜欢的那种老式挂钩铁窗，黑色洋铁的。晚上看出去，上海的夜景给我一贯的印象都是昏黄的，昏黄的路灯光，昏黄的马路。而远远地在枕头上睡着，又果真听到了她所描述的那种“市声”。可是已经没有沿街叫卖的导致她穿了拖鞋飞奔下去买的臭豆腐干子了，也没有作为每晚打更的那种“卖馄饨的叫卖声”。只有偶尔路过的人用上海话在说些什么，而那时沉沉睡去的我，也已听不大分明了。

公寓内部呈现出一种装饰派艺术风格。房东 Tina 指给我看，有的门是那种旧时门，棕红色木门的正中有一小面长方形的透明玻璃，玻璃上一缕简易雕花。透过玻璃可以直接看见房子的客厅。

Tina 非常热心，后来又带我去了常德公寓的楼顶——就是当年张爱玲在《公寓生活记趣》中写到的女孩子穿溜冰鞋溜冰的地方。可惜，如今的屋顶已经不是当年她所描述的“屋顶小花园”了，而就是一个单纯的屋顶。因为栅栏很低，所以平日里是锁起来的，一般人轻易上不来。

屋顶左侧就是著名的她当年和炎樱拍合照的地方。我一直好奇那种仰视的镜头从何而来，往下一望，恍然大悟了——正对着她母亲当年和她姑姑合住的那间公寓的大晒台。蕊秋是真的很会选房子，那间五层的公寓，略呈正方形的晒台极大，几乎就已经是个小型露台。一面面对脚下车流滚滚的常德路，另一侧如果现今没有盖旁边酒店的话，本来是可以眺望到愚园路的——也就是当年王佳芝放走了易先生后想去避难的那条路。

我遥望着那个露台，无限向往。心想当年长相美丽颇喜社交的张爱玲母亲“蕊秋”，是不是在这里举办了无数酒会、宴会、下午茶呢？

从屋顶远眺，可以看见不远处一个红绿灯交叉口。Tina 说，就是当年张爱玲写的“电车总厂”的原址，如今早已拆了。原来的 21 路电车也没有了。于是此时 2016 年的我们，就再也听不到她当年所描述的“电车回家”的声音了。

可惜张爱玲曾住过的两间屋如今都是空置上锁的。于是我转而去了房东 Tina 家，看看内部。她房间临街的七扇窗有几扇是打开的，整个屋子都显得敞阔干爽。我从 Tina 家二楼的阳台向上望，隔着剥落红漆的夹板隔层、微绿钢化玻璃的窗户、“西班牙式的白墙”，终于望到了张爱玲写《公寓生活记趣》的那个阳台，映着下午瓷青的天和一两缕棉絮状的薄云，真是极有灵感的。无怪乎她当年住这里时几乎呈现出一种井喷式创作。

Tina 因为自己的公寓目前装修风格是很新派的，于是特意敲了一个熟识的邻居的门，让我看看常德公寓原始的装修是什么样的。“他们家改动得少些。”她说。

一进门发现果然是。邻居家的家具是那种老式的海派红木家具，比现在新出的红木家具不知服帖、有内涵了多少。一张红木大床，床脚紧抵着一架钢琴。屋内的地板也都是当年原装，打蜡的，经过这么多年，依然结实。厨房地上的瓷砖，特意铺成菱形在内、方格围外一圈，以区分厨房内地和外围。煤气灶下正对着一个烤箱，据说也是当年就有的——当时刚建好的常德公寓，由于租金是石库门那边房子的三倍，多租给外国人或本地高知分子。彼时我们去的时候，一名中年壮硕保姆正在厨房，一边切着芹菜，一边问雇主：“做成甜的还是咸的？”

夜半，去楼下自行车棚旁边的垃圾桶扔垃圾。回身望见八层的公寓楼向上直直生长着，上海晚间那种黄色灯光打出来的树影在墙上，稀稀落落的，更显寂寥之情。三楼的洋铁排窗紧紧闭着，并拉了窗帘，可是，却又绵绵透出一股寂静的灯光来。

第二日坐出租车去找她住过的另一间公寓长江公寓。沿路不时遇见那种赭黄色旧公寓楼，配着苹果绿色阳台。在车中立觉惊艳，并且熨帖。

据说长江公寓是 1950 年她诀别了胡兰成之后，和姑姑一起搬去的一间。今天的长江公寓很好找，就上书“长江公寓”几个字。门口是油漆斑驳的红漆门，不像常德公寓那么门禁森严，直接走就走得进去。但是要走得自信、堂而皇之以及不要东张西望。长江公寓从外部看过去，其实仍是满登样的，颇像英国五十年代那种联排房屋，高低错落有致，四扇摇门，铰链式电梯。在这里，她写了剧本《不了情》《太太万岁》，小说《十八春》《小艾》。

可是走进去，如今的长江公寓却显得有些……杂乱。应该是分租过多之故，人口也渐渐变得杂了起来。走廊上的信箱，有人用白纸黑笔大书："人在做天在看！不要闲着没事干，把别人信箱里的水电费账单藏起来！"

笔触惊人，用词透彻，不得不说，我瞥见了写条者当时账单被偷的那种愤怒。

长江公寓有四架电梯。据说过去这四架电梯有严格的等级之分，不同层次的人要乘坐不同的电梯。淡黄和青灰交错的地砖没有变，一板一眼，毫不含糊，依稀能瞥见当年住在其间的住户的高级。

我找到了她之前住的三〇一室。当然没有敲门去打扰人家。平白去打扰，我觉得是又自私又任性又冒昧的。正对三〇一室的走廊阳台，想必也是她当年眺望过的吧。外面是离得很近的对面人家的红砖斜屋顶，应该属于一座老式洋房。每一间房外都配有那种巴黎公寓楼常见的雕花铁阳台，放着花盆、拖把等杂物。右手边一幢破旧大楼的背面，一架螺旋梯从顶上盘旋下来，高而陡而艰险。

我坐错电梯，在二楼下，于是又要等电梯下到一楼。等待间隙我突然看见一个上海阿婆从纱窗木门中走出，在走廊的竹竿上晾衣服。我看着她，她也看着我。然后，电梯就来了。我真的觉得她太符合我心中对于上海阿婆的一贯印象了。

走出长江公寓，我开始在附近闲逛。发现自己已乱入一条美食街似的地域。然而，她在文章里说的“在上海我们家隔壁就是战时天津新搬来的起士林咖啡馆”如今却怎么也找不到了。之前去天津，我也特意去了一趟起士林咖啡馆，她提到的“方角德国面包，外皮相当厚而脆，中心微湿”却也没有找到。

同样境遇的还有她在《谈吃与画饼充饥》中提到的老大昌的“热十字小面包”以及“匹若叽”。我这次还巴巴儿地去了成都北路一家比较冷清的老大昌去找。店员也被我问得莫名其妙，说是听都没听过。我还特意形容“疲软作布袋形”。上海阿姨见我失望也表现出适当的着急，于是介绍我买了掼奶油和传说中他们那边很出名的朗姆酒蛋糕。第二天早餐时我吃了蛋糕，颇觉惊喜。人生中吃了太多松垮垮的浮夸奶油，这一款奶油却如此扎实、厚重，给人一种很“实在”的感觉，并且真的有那种老式西点味道。

走前最后一晚，公寓外下起了雨，映着昏黄的街灯，整个街区静悄悄、细沙沙、扑落落的，连街上的车也清朗了起来，仿佛把一切世声都淹没了，又时刻提醒着，我们都是永远无法脱离都市的人。此刻从公寓窗子望出去，是真的有她形容的那种“郁郁苍苍的身世之感”的。然而，我们的人生，再感慨，也终究是往事不可追地过去了。

上海的日与夜

在马路下一个转角，突然出现了那种昏黄路灯下的小馄饨摊。走过去理所当然地坐下了，然而又是一种春秋。整个人生静谧的梦想都不在了，而只剩赤裸裸、丑陋的现实。

上次去上海也去了张爱玲的另一处故居——康定东路八十七弄。远远地，望着那座清末民初的红砖大宅，我心里想，这应该就是了吧。这里曾是张爱玲的曾外祖父李鸿章给女儿的陪嫁。如今，变成了一处社区文化活动中心。我去的那日，有老演员在小剧场唱评弹。远远地，声音传过来，配着老派人深沉盘桓的调子，倒觉得分外悠长，引得我在门边驻足听了许久。直至隔壁房间一个中年妇女托着一个菜筐走出来，准备洗菜，看到我，深深地睃了一眼。

这条里弄，除了这户大宅，旁边还有零星几户人家，如今也仍是住人的。资料上说，《半生缘》(又名《十八春》)中两姐妹同嫁一个丈夫的情节，就是取自这弄堂里一户人家的故事。如今我再看那周围住户，其中有一扇黑漆木门敞开着，露出过道里散乱放着的旧木板、破窗棂以及小孩玩具。门口木箱上堆着一个用黑色塑料袋包裹的电视机，一根晾衣的瘦长竹竿闲闲地靠在门上，旁边一把柚木椅子。倒像是曼桢当初拥挤逼仄的小家碧玉环境。而楼底的水池边，却再也没有金鸡独立涂红指甲的小大姐阿宝了。

大宅应该有四层楼。她在《私语》中说，父亲和后母结婚后他们搬到了一所民初的老宅里，“原是自己的产业”，应该就是这幢楼。她在这里出生，而第二次搬回后的记忆，于她却是不甚愉快的。首先是后母带给她的穿不完的旧衣服，在她当时那个非富即贵的教会学校里，是让她感到青春期自卑的第一件事。住在这所宅子中的那种自身和家庭的割裂，以及对于这个没落贵族家庭的愤恨和氤氲的鸦片烟气，日后均展现在《茉莉香片》中的聂传庆身上。

这里还发生了那场著名的“监禁”。张爱玲当时因为后母诬赖她而被父亲囚禁。她远远地从家里跑到大门，却发现大门也整个上锁了，看门的说钥匙在父亲那里。而如今我们看到的这座大门，却形同虚设，根本就没有门，任何人都可以随便出入。

她在这里被关了至少半年。我沿着红砖大宅外墙看各个楼层的窗户，不知她当时被关的究竟是哪一间房，她又在哪一扇窗口前绝望地向外看过。这段经历后来深入骨髓地融入了《半生缘》中的曼桢。那种被囚禁、失去自由的感觉，只有真正被囚禁过的人才能体会。

离开八十七弄，沿康定东路漫无目的地走着，转弯走入另一条街。

这才惊见自己仿佛走入一个无人区。斑驳的红漆排窗、破落的小门脸，“劣质玻璃四角黄浊”，这条小偏街整整一条街都无人居住，空气中依稀透出一股刨花味。我心想，这不就是《怨女》中的银娣和《金锁记》中的曹七巧“麻油西施”的娘家吗？可惜现时是白天，如果晚上熄了灯，则更有当时上海“节省天光”的晚间景象了。

每次去寻找这些作家曾经的影子都给人一种很落寞的感觉。想起上次去青岛，在萧红和萧军的一处故居外看了看。如今当然都很是杂乱，失去原貌的。不过那种斜坡上一处小屋的场景，仍依稀可见当年旧貌。让人不由想到文学女青年的落寞，是千古相同的。

思想无法被模仿、被复制、被拙劣地代替。我们的现实生活尽管不如意，会写的人也终究有个精神上逃遁的地方。

每隔一段时间我就有兴趣去上海逛逛。这座城市总给我一种市井气的温馨，特别喜欢那种窄马路一穿就穿过去的自由。路两旁是经年的梧桐，上海的很多街道，都会投下“淡淡的梧桐的影子”，也是曼桢和世钧当年所经历的。而每次看到这混沌的疏影时我都不禁在想，人生，究竟是慢还是快？我们曾迫不及待要翻过的日子，如今回想起来却是想珍惜的。就像一个人等不及直接翻到侦探小说的结尾，看完却仍是淡淡的惆怅，心里讶然怎么这么就完了……

在街角一家小面摊吃一种红汤细面。汤清而纯粹，一小缕细面飘在粗瓷碗里，像在荷花池边洗头的少女。送一小碟南方特产“雪里蕻”，和笋、毛豆一起炒的，酸辣脆爽，不甜。北方就是没有这种菜的我觉得。边吃边看见不远处暗中匍匐着一座古老的花园洋房，爱奥尼柱式门廊、四坡屋顶、浮雕头像、落地钢质玻璃门窗。不知这里又曾住过什么样的人，他们的人生又经历了什么故事。

有时感动我的还有路边卖栀子花的老奶奶的淡定。无论什么年代，她们似乎总是那样，安然坐在闹市一隅，不卑不亢。白色栀子花被串好一两片油亮的绿叶，安分地摆在深褐色的竹篮表面。叫卖着，悠长暗哑的调子。而我每每路过她们，被那清香吸引，总不由得会买。

夏天的南京西路极热，在树荫下走着突然就看见沿街耸立的那种棕石公寓楼。褐色墙身，黑色铁窗配着墨绿色窗帘，紧紧拉上，还有一两角被绿植遮蔽。让人一瞬间有欧洲的幻觉。

路过一座老旧斑斓的咖啡厅。走进去，偌大店堂冷冷清清，只有一个理平头的店伙计默默在柜台后擦拭杯子。我进去后坐下，恍惚记得这间咖啡厅也是离她曾经住过的一间公寓很近的，不知当年她有没有来过。之前去平安大戏院找过“飞达咖啡馆”，她曾经最喜欢吃那里的香肠卷。如今也是早已关张，变成了 Zara。

上海的公寓都是微漠的远疆。我们踩在一片不属于自己的土地上，再悲凉，也终是过客。张爱玲说，伟大的音乐都是遗世独立的，一切完美的事物皆属于超人。可是我们每个人的人生，终究是不甘心的，终究是拼了一口气的。

有很多人会觉得《相见欢》无非是两个女人的家常对话，怎么那么冗长重复。但其实近来重看，发现这篇小说是很经得起推敲的。最是寻常的，便是生活，而最是难琢磨的，也是我们这一生。家常对话恰是一地橘子皮，虽然杂乱，但充满着一种天然的馨香。

我乘着出租车，在任何一处看得顺眼的街道下车，开始闲逛。那种相邻的两幢红砖楼里伸出的晾衣竹竿、黑色电线、红漆排窗，疏疏落落在空中飘荡的衣衫，墙根下散漫停着的几辆自行车，那怎么模仿也模仿不来的弄堂里弄生活气息。路过一排萧索的店面，淡灰色招牌衬着底下封着门的浅棕色木板，疏疏落落写着两个字："秋色"。店名和它自身的命运倒是契合。

每每看到《海上花列传》提到的"火腿粥"，都很有兴趣，然而却似乎一直没有尝过。直至有一次在英国，室友是上海人。我们有时一起去英国超市买那种圆形火腿，需要切片的，也是常吃的一个牌子，本来是早上做鸡蛋三明治用的。她回家临时起意，就突然决定做火腿粥。用她漂洋过海运过来的高级电饭煲，把材料放进去。各自洗完澡，火腿粥的香味就在英国晚间的高层公寓中弥漫开来。我们一面喝粥，一面望着窗外的雨打在透明落地玻璃窗上。

此时在上海的公寓，喝一种以前幼时常喝的“冰豆奶”。在上海买的是“维维”，我在别处仿佛没有见过。那种奶白色的液体流到心中有种被清凉包裹般的感受，又因为夹杂着童年的回忆，整个饮料仿佛显得又更有内涵些。

苍茫的客厅，便犹如苍茫的人生。有时我们对自己的人生真是“不作为”，就像在苍茫的客厅中坐着，任凭着脚下车水马龙般走，而你，终究是和闹市无关了。

香港的日与夜

很多人旅行。但鲜少有人，真正看到景色。

眼前虽然是维多利亚港，但总和我想象中的香港不大相同。

青绿色的海、青色更浓稠些的山、偶尔漂过的白色帆船，这一切让人觉得这片海是那么都市。价值不菲的游艇，又让我觉得这海如此昂贵。

趁着太阳将落的最后一丝白光，我坐在顶楼套间往外延伸的甲板上写作。脚下，就是碧绿透青的南海。不远处一艘艘豪华快艇就这么泊着，有钱人雇的负责维护的工作人员在为它们精心保养。

我住的船有一种南洋热带风情。这总让我不由得想起杜拉斯和阿加莎·克里斯蒂。船的第一层是印尼风味的客厅和厨房，棕黄色的地板擦拭得一尘不染，门口的竹帘垂坠着夜不闭户的信任和淳朴。一只干净极了的白色胖猫在沙发边的土耳其地毯上半卧，高冷地看着进来的我，倨傲而不苟言笑。

我被船主免费升舱至顶楼套间。一张巨大的南洋四柱宽床，特别像

《晚娘》里那种。白色帐幔垂下，正对远处山景的矩形窗旁挂着一个巨大的生锈铁锚，粗犷而熨帖。打开通向甲板的门，我发现我有一个属于自己的私人阳台。阳台外是慵懒的阳光和海水，一面向外延伸的白色甲板就那么静静地，等待我拿一瓶冰啤酒爬上去坐着。

彼时我刚经历过太平山顶观景台的喧闹和各大商场不绝盈耳的人民币付账声。看着那些人经历的香港，总觉得不是我想要经历的香港，于是我再也不去景点了。

坐在双层公交上静静浏览城市，凡是遇到看得顺眼的地方则立即按“下车”按钮，然后跳入这座都市的寻常生活中。路过亦舒描述的中环，其实没有想象中那么高尖逼人，但似乎能瞥见每一个白领的人生历程。不知为什么，中环职场人多穿黑衣，且他们脸上的表情似乎总是不够快乐的，有一种生命的压力和被迫嵌入现实选择的悲哀。

八月末的华南，炎热已经让人全然不顾形象。过街时路过有冷气的店铺，我总是不顾旁人眼光任性驻足三十秒，只为吹吹冷风。然而香港都市的繁忙让我被汹涌的人潮撞了一下又一下。

路过庙街。于是突然想起《胭脂扣》里如花的算命。特别也想轻飘飘地走到一个算命摊前，掷下五十元得到自己一生的谶语。然而——

喧闹泛黄的庙街，从街头至街尾，再拐一个弯，密密麻麻地摆满了各式各样的算命摊。塔罗牌、测字、手相、占卜、摸骨……每一个摊主，或仙风道骨，或满嘴胡言，或故作神秘，或绑着头巾，或晒自己和各明星的合照，用粤语、普通话、英语招呼着来往的每一个人。

算命也产业化了。

我于是作罢。心里慨叹如花的落寞、神秘和一个女人对于爱情的至死痴缠，在今日的香港，恐怕是很难寻到了吧。

第二天打车去了半山。深刻体会到了为什么香港富人总是喜欢住在“半山豪宅”。确实是好，特别是越往上。

越往上越是人烟稀少、云雾缭绕，耳边不时传来高级跑车的发动机声。终于明白了为什么曾几何时香港公子哥的一个泡妞必杀技就是“去山顶吹吹风”，果然，山顶的风是极好的。半山的景致，和同是岛屿的英国神似，让我有一瞬间觉得还在英国。

有个司机模样的男子停在路中洗车，长相不差，一辆熨帖的黑色奔驰被他擦得锃亮。

走到一个小公园。公园旁有一幢华丽的建筑，古典雅致，维多利亚式的廊灯散发出幽微的光。走近一看，发现是公厕。

远远山坡上有一幢古老的姜黄色英式洋房。房顶的天台上，摆着一架鲜红色的三角钢琴。

半山的风为什么如此之好，是因为这风都是“贵”堆砌起来的。

当所有人都在太平山顶观景台透过层层叠叠的人头“俯瞰香港”的时候，我不禁想起了鲁迅先生比喻的中国人的“鸭子”“鸭颈”。我很快就离开了，转而走上旁边的一条岔道，穿着高跟鞋，沿着六十度的斜坡艰难向前。走到一个拐弯处，发现一个类似公交车站模样的供人休憩的小亭，旁边，赫然见到观景台上的人花五十元港币而根本看不到的香江全景。

俯瞰完后我继续向前，心中突然有些害怕。因为毕竟是晚上，黑暗、空无一人。又看见芭蕉树，想起鲁迅说的芭蕉树下有鬼。这时吹来一阵风，芭蕉树下果然传来簌簌声。然而为了深入体验葛薇龙当年的感觉，我还是一路向前。

走着走着，突然后边传来一阵脚步声，我的心立即一紧。不敢回头看。渐渐地，一个穿格子衬衫的歪头男子超过我，肩上背着一个黑色背包，走向前边一个高档小区。我不禁纳罕：为什么头要歪着呢？并且已经几乎歪到了九十度。

路过小区门口，我强忍住自己的好奇心没有问门卫刚刚是否看见一个歪头男子，因为怕他说：“小姐，我在这坐了一晚上，根本没有什么人走过去啊。”

后来我往山下走的时候就在想，为什么香港人总是喜欢“吹吹风”，因为白天实在太热，晚上一切变凉，特别是在山边和海边。吹海风和山风都是一种极好的体验。

在半山徒步攀爬的经历，让我很能通感《沉香屑·第一炉香》里的葛薇龙。这个来自上海的小家碧玉，一步一步试图爬上香港上流社会，伴随着青春期的自卑敏感和不甘。

在香港这座海陆山交融的城市，很多命运似乎都可以在一瞬间发生，很多强者横亘在时代，很多传奇都在创造。

一天下午，我在一家专门卖粥的店居然吃到了一锅很美味的咖喱鸡肉肠粉煲。我旅行时是不怎么看美食攻略的，走到哪就在哪吃，当然还是要我看得顺眼的才走进去，否则宁愿饿肚子。

在香港我总是避免吃一些别的地方能吃到的东西，比如连锁，总要寻找那些最老香港的茶餐厅、鱼蛋摊、粥铺、饼店……

没有苍蝇的茶餐厅，不是好茶餐厅。

当时那家卖粥的店我真心推荐。虽说忘了店名，但我记得位置。在那里吃，第一次让我体会到了一种街坊间暖融融的感觉。

茶餐厅一个扎马尾的女伙计过来问我好不好吃、咖喱辣不辣。最值得推荐的还是那里的冰咖啡。我也算喝过很多种咖啡的人，却从未喝过在那天下午那个桌面油腻不时有苍蝇飞舞的粥店的那么香的冰咖啡。香滑熨帖、冰凉喜人。

张爱玲曾经活动的北角区域是一个比较平民的地区。对于我来说，则有一种新鲜的市井之趣。随意走进一家店堂阴暗的饼店，买了一个张爱玲在《谈吃与画饼充饥》中提到的“拿破仑”，果然不错，不很甜又层次分明。另外买了一个软蛋糕，第二天早晨当早饭，也是超级松软，鸡蛋味极浓。

有一天下午，我坐在赛艇会一艘船的甲板上，一边喝梨酒一边打字。蓝天，白云，碧海，白艇。一切正如遥远时代的一个梦，突然间实现了，觉得人生没有虚度，生命特别美好。

人，除了买房买车结婚生子，总该想着一些别的目标。

倚在船舷上，凭栏远眺，我终于体会到了张爱玲所说的“紫阴阴的嫩蓝的天”。香港的夜与雾，我们外域人沉醉其中，当然觉得它有不可知的魅力。但只因我们只需享受她的美丽而不需为她付出长期的责任。这和世人对美女的态度如此相似，不用负责任的则都是美，真正照顾一世、承担所有的，又有几个。

对面游艇正有人开着一个派对，一个富家子模样的人在甲板上调着一杯酒。我无比冷静地望着，既希望自己身在其中又庆幸自己置身事外。

半夜，我和新认识的朋友游车河回来。在 King Sui 码头等待小渡船。旁边一个韩国女孩正用韩语讲着电话。我们共同等待着那艘也许马上会来、也许永远都不会来的渡船。突然意识到这样的生活也很美好，因为没有明天，因为太有今天。

当时，我望着不远处对岸的高价的公寓，心想在那璀璨的万家灯火后，又有多少人在其间挣扎，多少人在其间湮灭。我们的人生，究竟怎样才能快乐，抑或是，很多人根本永远无法快乐？因为总不断想要得到一轮又一轮的物质。

在花墟道闲逛的时候，我看见几个香港人在逗狗，于是停下来观摩了好一会儿。有一只白色英俊的中型狗，乖巧地趴在一辆收废品小推车的纸箱上，特别白、美丽、聪慧、干净。一个银发优雅的拾废品阿婆温柔地抚摸着它，口中念念有词。白狗的表情和姿态极其享受状，一双睫毛很长的大眼睛温驯地眨着。旁边一个穿短裤的中年男子用粤语说："好舒服吧，好舒服吧，你看它多舒服。"

我看到这温驯美丽的场景突然一瞬间很想落泪。有时候，动物给予人的温暖，比人给予人的，还要深厚真诚。

每个人都有自己的幸福。船主的广东女朋友正为他做着中国菜。我闻到空气中传来的青椒、洋葱、牛肉、薄荷……渐渐地，在这种家常又温馨的背景中，我在半米之宽的甲板上缓缓睡着。一翻身，即是万丈深海。

而我不会游泳。

冷眼看尘世，安静过人生——生活的思考

我们的生命中充满错过和悲哀

我们的单身

我觉得，我们应该在无数歌颂单身的鸡汤中醒来了。

最近，YouTube（注：一家美国视频网站）上有一条流传颇广的视频："五种单身的人"。虽然只是五个油管红人的一条恶搞视频，但或许还是可以在其间瞥见某些很强烈的刻板印象——女权主义者、天真到几乎无知的乖乖女、自私任性的直男、过于乐观无可救药的浪漫主义傻白甜……虽然此类话题已被探讨了上千遍，它还是让我思索：这个社会对于单身者的观点，究竟有没有进化？是不是这么多年，人们依旧在重复着一种老生常谈？

流行文化领域有时将单身塑造得过于美好，有时塑造得过于简单，有时塑造得过于凄惨。

清冷夜间。一个人的公寓。灰白色纱帘浅淡地飘着。静静地放着音乐。这一切真的有那么惨吗？

我认为比嫌弃单身更危险的观点，是粉饰单身。

《欲望都市》中就有一种很典型的认为单身是如此美好的观点。这是单身者在二十世纪九十年代自然形成的一种自发性抵触。但是，当我们从第一季追到第六季，再追到第一部、第二部电影，却发现她最幸福的时候，还是套上戒指的那一刻。

2012 年更新至今的《都市女孩》（*Girls*）或许是一种进化版的《欲望都市》。虽然说它也有很多套路的地方，但可以看出它对单身这一话题，产生了一些新的思考，包括直面我们这一代的自私。

霍尔巴赫曾说，人在他所爱的对象中，只爱他自己；人对于和自己同类的其他存在物的依恋只是基于对自己的爱……人若是完全撇开自己，那么依恋别人的一切动力就消失了。

我们毕竟是太自私了。其实大家都很美好，只是太自私，太困惑、太自恋地彼此自私。一定要意识到这一点，在一切还未太晚之前。

今年的一部新电影《单身指南》，号称提出了对于单身的一种更进化的观点。影片开头先迅速闪过几个单身族的状态：彻夜不归夜店族、疯狂想结婚族、工作狂以及和大学男友谈了四年恋爱突然决定体会一下单身是什么状态的应届毕业生。

然而，看完整部电影，我觉得对于单身这个命题的思索，这部电影似乎仍未给人一种产生撕裂性改变的震撼。不过，些许启发性还是有的。

也许很多人都幻想过自己在纽约的第一间公寓，最好是那种棕石的、楼外有消防梯的——来自《老友记》和杜鲁门·卡波特作品的情结性建筑。电影中女主角爱丽丝就住在这样一间公寓里。单身后，她在晚间有风的消防梯上独自喝一瓶冰凉的啤酒。微风吹来，爱情里和爱情外的自己，仿佛开始变得不一样。

片中有一个有趣的“花生理论”，建议大家可以一看。人们认为大城市既然那么多异性，是不是会更容易找到另一半？这其实是所有大城市交友的迷思。在酒吧中，第二女主角露西用一杯盐花生，和花花公子汤姆论证了这一理论，结果耐人寻味。

这部电影最值得反思的一个词我觉得就是，dick-sand（男性陷阱）。我们每个人只喜欢“喜欢”我们的人。好友罗宾骂醒了爱丽丝：“每次只要有一个男人看你一眼，你就异常开心地全身心投入……”

电影中爱丽丝不停地在“喜欢”自己的人中选择，进入一段又一段关系，长期的或短期的，却已经很长时间没有真正思考自己想要的到底是什么，以及什么才是真正的自己。

这其实是很多美女共同的爱情误区，因为一直有追求者，所以总是在他们中选择，在他们中将就，而忽略了自己真正想要的爱情、真正喜欢的生活。

很多人，一直在“被动爱情”。

正对着洛克菲勒树的、拥有巨大方格落地窗的公寓，中央公园奔跑的白色马车……这些也许都是我们希望有一个人能为我们做到的。但现实是，也许真的没有人会为你做这些。

很久以前我们看《小妇人》，以为每个女孩的人生或许都会那样。有波折、有起伏、有爱情、有心酸，而最终，总会有一丝美好得以真正实现。我们不能说所有作家都是骗人的，但作家的作品确实是被无数失望所逼出来的一种极美的花。很多我们所期望的爱情，生活中也许真的出现不了。但不放弃希望，才是真正的生活美学所要求我们坚持的。

爱丽丝站在落地窗前，旁边是刚认识的富有和有魅力的大卫。她说：“我其实一直想去大峡谷。”大卫说：“但我不是很喜欢步行……”

于是，她的这个“自己一直想做的事”，再一次被搁置了，因为她以为那是“爱情”，或“终身”。

我们只做着那些他们想要我们做的事。我们只按着他们想要的那种方式打扮。但越是年轻，你是不是越容易忽略自己、忽视自己、不知道自己想要的究竟是什么？每个人都不愿承认自己为所谓“爱情”做的妥协或迎合。

影片中，她也试过夜夜笙歌，无心的交往。但有些女孩是天生做不到那样的。于是，每一段空虚的关系过后都必有一种承担。这种承担或许是你付出的，或许是别人付出的。因果报应。这世间其实都是一种苍漠。

不过，影片最后也提出一个较有建设性的观点：当我们如此“擅长单身”以后，当我们在健身房中努力、在午后阳光照射的落地窗软垫旁读任何一本自己想读的书的时候，我们会不会恰恰因为太“擅长单身”而失去了寻找下一段爱情的动力？

这其实是一个真正值得思索的问题。

《心理学》期刊上有一篇文章认为，单身太久了，会让人情绪变得坚硬、心房紧闭、不再那么容易敞开。更重要的一点是，当一个人单身时，很少会感到爱情中那种撕扯的钝痛、那种冰冷夜间心一片一片破碎的感觉。

这是很多人沉溺于单身的根本原因，即我们永远不会再心碎了。

比嫌弃单身更危险的观点，是粉饰单身。

我最怕看到的一种现象其实是单身大龄女子对周围的朋友大声宣布：我觉得单身很好！一个人的状态很舒服！然后开始跟朋友们大谈自己是多么充实、有气质、有思想，瑜伽读书跳拉丁舞去西藏。

我不是说这样不好，而是认为过分强调，其实就是一种粉饰。如果真的是单身无限精彩到自由的人，相信也不会交一群需要向他们不停剖白、声明、呐喊单身是多么好的朋友。

米兰·昆德拉曾说，人类时间不是循环转动的，而是直线前进的。这就是为什么人类不可能幸福的缘故，因为幸福是对重复的渴望。所以，其实在一切的粉饰单身、安慰单身、鼓励单身的鸡汤话语中，最致命的一点就是，在所有这种粉饰、安慰、廉价的鼓励背后，那个单身者的生命，被浪费了。

目前国内对单身的两种最大的不健康的态度，一种当然就是逼婚或剩女；另一种，其实也是最温柔的杀手的，就是各种“廉价的安慰”。

“一个人也可以很好。”

“单身可以很精彩。”

“相信自己，你的缘分就在下一个转角处。”

“不是嫁不出去，而是时候未到；如果缘分到了，一切其实发生得非常快。”

“……着急结婚这件事，就是你三十岁以前会不断想、非常着急，三十岁以后，就反而坦然了……”

能不能不要再这样自我欺骗了？能不能不要这样再无限蜷缩在自己舒适的壳中了？

这些廉价安慰的背后实质是很多人不敢真正质询自己究竟为什么单身。因为怕那样会挖出自私、外表不够好或性格中有着某种缺陷等事实。

当然，也有人真的是主动选择单身并很享受那种状态的。这类人群不在此讨论范围内。

历史上著名的单身女王伊丽莎白一世是安·博林和爱砍妻子头的亨利八世的女儿。二十五岁时，年轻漂亮的她已成为英国女王，按说应该是当时世界上最容易嫁出去的女人，但她也是一世单身，被后人称为“童贞女王”。其实，就算一个人的单身已经被写进历史、被拍成了电影，我们还是无法知道她当时单身的真相。这也是我认为单身无法被解读、没有真正解决方案、不能被批判、不该被安慰的一个重要原因。我们对待单身的真正观点，其实应该是没有观点。

因为，任何一个人单身或不单身，都是不关任何其他人的事的。

《美食、祈祷与恋爱》这本书，我是在海边一个蔚蓝色的咖啡馆参加一个读书俱乐部时读的。书里“找到生命中的平衡”这种观点，真的让我迷醉了好久。我们每个人，都有自己的人生。而我们生命中的平衡究竟是什么？梦想与现实，得到与得不到，努力与放空，在这些生命的每个元素之间，我们究竟是否找到了生命中的平衡？

我们的时光，不过是我们面前被扑散了的未来。一团团的，像雾，刚一分明，就不很清晰了。

一间自己的房间

放眼望去，那么多华厦，都不是自己的。在租房与买房的困惑中，人生，就那样过去了。

伍尔夫曾在一条河的岸边坐着说，一个女人是一定要有一间自己的房间的。写作的女人必须有房又有钱。而彼时，她在苏塞克斯乡下一个非常可爱的小村庄里，有一间带草坪、有花园、可以远眺南丘景色的改良版农舍。丈夫伦纳德确实为她建了一间专门的“写作屋”，在那里，她彻夜写作。

我见过她的那架写作时的摇椅以及旁边的一排莎士比亚作品。那时我感叹一个写作的灵魂是多么兢兢业业，并猜想她究竟牺牲了多少现实生活。

很多人认 J.K. 罗琳在未成名前的写作环境也非常逼仄。诚然，当时作为一个单亲妈妈，她的经济压力是有的，但她彼时在苏格兰住的是一间政府提供的廉租公寓，有客厅，有卧室，有地毯。在她成名以后拍的一部纪录片中，再度走进那间小屋里时，我们发现，那间房子似乎也没有我们想象中那么惨。

今天，正有一批又一批的年轻人毕业后来到或留在某个大城市，从宿舍生涯步入合租生涯。

空间越狭窄，越发暴露人性的丑恶；现实的真相露出可怕的锋芒。

加拿大飘着冷雨的一个夜晚。我的一个朋友在自己的小房间中吃泡面、写论文。这时作为一个异国的东方学生，对未来的希望是极其绵长的，又杂糅着青春期的不甘和奋进。尽管口语已经没有任何挑剔，又比白人学生不知刻苦了多少，人生的选择却仍是受到某种局限。

在孤独的欧洲赤松下我们无限落寞着。那么渴望融入的一种东方式热忱，在那个飘着冷雨的西方都市，被莫名稀释了。

香港有种房子叫劏房。在《踏雪寻梅》这部电影中，援交少女王嘉梅就是在一间劏房被分尸。

劏房不仅空间小，最主要的是周边环境龙蛇混杂。当你坐在几十厘米宽的板床上吃碟头饭，并望着天花板上八瓦吊灯旁晒在一条绳上的衣服时，人生，或许多多少少总会感到些许绝望吧。

如今香港的劏房，也是很多内地过去的新移民居住之所。新学的粤语，陡峭的衣着，以及一种莫名的妄自菲薄。

所以亦舒小说中才有那么多女白领或扬眉吐气一下住到半山，或一定要厨房里都能看到海的那种三十几层的公寓。

我们的房子，定义了我们人生的标签。

这一点可悲吗？当然。

但我们几乎是无力反抗的。

在北京打出租。几乎每一个司机都具有“国际视角”：纵观当今之局势，分析明年房价之涨跌，抨击现实，针砭时弊。我想生活在这样一个城市，雾霾的时候我们开净化器，晴天时我们开窗，在买房与租房的困惑中，人生也就那样过去了。其实我们想要的不过是一种有尊严的生活，可为什么却被头上那片瓦逼得那样艰难。

小区楼下。一伙穿白衬衣的中介正在傍晚的余晖中一边奔跑一边呐喊“本月业绩冲破两百万”；同时查看着手机微信上有无客户发消息说看房。我于是感到“房”文化真正已经变成了一种被扭曲的现象，但这种现象并不是一个人或几个人造成的。根深蒂固的文化观念以及莫名的从众心理，使得我们的“房”已经变成了和从前完全不同的概念。很多人在它面前憔悴，更多人在它面前“吃不到葡萄”，而真正不费吹灰之力的人，则变成了一种我们集体嫉妒的人。

其实，人生中真的还有很多其他东西值得去关注。再过几十年后，你也就死了。今年的一部电影《遇见你之前》，有一句话让我印象深刻。“Live boldly. Push yourself.（活得要勇敢，突破自然局限）”真的，当你知道你还拥有一种“可能性”，一切就是奢侈。我们已经拥有了一种人生中之最可贵的——健康，又还有着什么在阻挡我们真正去生活、追寻自己想要的而不是大多数人想要的?

去突破生活吧。去深夜的海边跑步，去湖边小屋里看一场日出……任何，你长久以来一直想做的事。

我之前拍摄过一组“房车生活”的摄影课习作，走访了好几个房车据点。那种“人生不应该被一座钢筋水泥以及三十年贷款束缚住”的价值观，在遥远的吉卜赛迁徙时代就已确立。如今的践行者中，有家境贫寒为了省房租的大学生、拥有追求的文身艺术家，以及放弃高薪工作环游世界的美国前白领。

最具有源远流长的房车历史的是罗马尼亚裔吉卜赛人，他们的人生一直在践行“在路上”的观点。于晨曦的苏格兰山谷间诞下自己第一个儿子，在文青聚集的刘易斯镇参加当地的手工艺术节。吃的则是当地超市里每天扔出的即将过期的食品。

每一辆房车，都是一件完整的生活艺术。很多嬉皮士——跟我讨论《易经》并送那种可怕的动物骨作为礼物的——都将过去那种运送马匹的车子改造成自己的房车，内里锅炉、淋浴、厨房、取暖等设施一应俱全，甚至有的整车厢的全木装饰，也都是主人自己一钉一锤做出来的。

不得不承认这似乎是一件只有在欧美国家才能发生的事。在很多亚洲国家我们声称不在乎别人的看法，其实还是在乎。我们标榜自己恬淡，其实骨子里还是世俗。

到布莱顿的第一天，一个来自美国的学生跟我说他为他所租的房子已经花了将近一千二百镑，约一万两千元人民币。这在我们的思维中又是一件无法理解的事。当我们租房时，一切都是将就。窗帘不是我们喜欢的颜色，写字台也不是自己想要的高度，地板、油画、壁炉架就更不能奢求了。可是大部分西方人具有一种每天都要活得精彩的人生观，他们也深知自己的房子是租的，可还是会花不菲的钱去装修、买家具、置最好的香槟杯以及黑胶唱片机。

有本书叫《一个山谷的发展》，讲了一个小镇从史前村落演变成维多利亚时代市集的历史。那时我为这种朴素的发展而激动着，觉得这似乎才是一个城市正常的发展速度。那些寂静的小巷、乔治时代和维多利亚时代的建筑，会让人感慨这个国家将自己的历史如此完好地保存了下来。

有时，在城市微漠的远疆中，我们望着层层楼宇，思考着在其间自己拥有的到底有几平方米。

于是这时，深圳的六平方米鸽子笼似乎也突然变得可以理解了。就算只有六平方米，毕竟也可以在属于自己的空间里跳舞。

在幽微的光线中我们看见生活的希望，尽管它是那么狭小。伍尔夫曾在《一间自己的房间》中探讨贫穷会为心灵带来什么影响。她自己也迷恋“美酒和深深的扶手椅，还有柔软的地毯”。我们既然要生存，就必对物质有渴望。于是，当我们想买很多东西而钱不够的时候，那种悲哀，是一种皮肤里深层的褶皱。

任何事情，关了灯则都是璀璨。开了灯，则是我们无法承担的现实。

因为租房没有尊严，所以很多人决定买房。在无数租房中介的敲竹杠中我们明白了人性的丑恶以及人口的压力。在买房邻居轻飘飘的蔑视中我们不蒸馒头蒸口气。

很多人抱着多年前流行的“知识改变命运”的思想来到这座城市。几年后很多人或许真的已经改变了命运，但大多数人却仍每天在重重叠叠的地铁人头间无限苍渺。在一座城的微明微暗间，我们的诗意，被搁置或放弃了。

在布罗德街的一个转角，一个老人拦住我，让我回身看身后的彩虹。那一刻我的心灵被一种长久的震撼攫住了。那种真正欣赏生活中美态的直觉已许久不曾有过，看来我长久以来究竟是被世俗淹没了。而被一个陌生人提醒，才突然惊觉。

不必行色匆匆，不必光芒四射，不必成为别人，只需做自己。

伍尔夫这样说。

奔赴一种付账单的人生

上班与不上班之间，日子苍凉地滑过。地铁车厢冷了又热了。而你的人生，又究竟在哪里的天涯。

东京地下铁。一个头发已经发白并头顶微秃的老年男子，仍穿着笔挺的廉价西服走向西武新宿线方向。我似乎从他微弓的背影中看见了沉重的房贷和子女的学费。整个东京地铁都有一股人生的落寞，而剩下的，则是每个人冷暖自知的现实了。

有一部日剧，叫《今天不上班》，叙述了一个从未缺过一天班，从未谈过一次恋爱的女生，意外和一个年轻帅哥发生一夜情因而第二天没去上班的故事。一部号称“别扭系女子恋爱实录”的小众电视剧，却不由让人开始思考许多。

日本文化中总是充满许多看似无用的细节。之前曾在书店中随意瞥见一本书，叫作《没有动力的时候，一个人发呆也好》，生活设计师冈尾美代子叙述了一个人生活中的无数细节，从康沃尔蓝、布制品香氛剂到自己喝咖啡的器具，虽然琐碎可还是让我禁不住买了下来。

有时我们就是喜欢做一些无来由的事，纯粹无来由的。

你是不是也发现，早起的那一瞬间，是一种巨大的痛苦？无论你是乘坐公共的还是私人的交通工具，是不是也曾有一刻会想，此刻能不能在沿海的遮阳伞下喝一杯鸡尾酒呢？或哪怕只是在碧绿苍翠的井之头公园，读一本海明威，比如《太阳照常升起》。

然而，你毕竟还是要抬起头，去奔赴一种付账单的人生。

在可以望见城市夜色的高层公寓中，在清澈冷冽的白葡萄酒的微醺间，我在想人生这个命题：我们究竟为什么存在？靠什么生活？以及怎么样才是不枉活一场的？

如果不上班，我们能干些什么？是不是真的可以改变世界，成为一个伟大的人？

事实是，很多人就算不上班，也是在浪费生命。

有的时候，在东京地铁里一抬眼望过去，整个车厢全是上班族黑色的西服。就在那一刻，我会突然觉得有一种透不过气的沉闷。那时我会对人生产生一种深深的无力感。我们此刻做的，究竟是否真的是自己想要的或是否正朝着自己想要的人生迈进？

曾几何时，我还在伦敦朝九晚五的时候，经常在指纹打卡机旁和同事探讨人生的意义。我们每天九个小时面对电脑屏幕，灵魂会不会消耗或折损？我们被生存的种种需求拴在电脑前，而自己真正想做的事，却远在千里万里。

当然也有人是真正热爱自己工作的，这些人不在讨论范围之内。

日本有一个灵异传闻，在一个地方有一间废弃医院，那里有一个穿红衣的小女孩，会一遍一遍跟人诉说种种她未曾实现的人生。

某种程度上我觉得那很深刻。The life we could have.（可以拥有的人生）但，毕竟终究没有得到。

住在东京吉祥寺附近一间极简易的公寓里，墙壁如纸般薄，离街道非常近。午夜，能经常听见从附近居酒屋出来的人们踉踉跄跄踢瓶子的声音。

东京的喧哗与骚动，有时让我们迷醉，有时也让我们极度困惑。

人的一生中究竟遇见了多少真心，这终究是一件不可测的事情，因为很多话语都是当时听上去很美好。

如果女人不想上班，还有一个选择就是做家庭主妇。我其实是没怎么直面过家庭主妇的生活的，但这次在日本的一些经历，突然让我觉得，家庭主妇这份工作也不是那么容易的。

日本女人对自身的要求，有时看过去是让人自叹弗如的。中学生冬天光腿穿校服短裙是其中一例，日本女留学生每天早晨五点起来贴假睫毛是另一例。她们这种对自我谨严的要求，除了外表上的，更多还是内在的。

之前在芦屋住在一间日本人家的别墅里。芦屋不愧是日本著名的富人区，半山建造的精致的大房子比比皆是，光是走到正门门口，就要上很多级台阶。

当时住的那个家族的老奶奶在丈夫去世、子女都结婚搬出去后，自己有兴趣时会将一些房间做日租。当然，对客人的挑选也是比较严格的——她用谷歌语音翻译对我说。

这个主妇，如今已经七十岁高龄，早上起来还是会对着镜子一丝不苟地盘头、擦粉、描眉，将自己拾掇得干干净净以后，开始为自己和客人准备早餐。她的厨房里有几大本食谱，封面上用工整的日本字干干净净地写着：日本菜、洋食、西餐，还有甜点。

几大本，并且非常厚。

开车去车站接我的是她的儿媳妇，也是一个比较标准的芦屋贵妇，就是周日会定期和朋友去当地一家著名的法国餐厅喝下午茶的那种贵妇。她不跟婆婆住，与丈夫住在离婆婆家不远的另一处大宅里。可是早晨过来接我去一个指定地点的时候，我看见她还是卷起袖子，跪在厨房地上擦地板，帮婆婆做各种家务，非常勤奋认真。擦完后脱下围裙，在镜子前微微整理自己的 Burberry 针织对襟衫。

她们都有非常低调的诚恳和谦逊。直到我走的最后一晚，要洗衣服，她们把我领到旁边的洗衣房，我才知道我一直在卧室窗子外看到的我以为是邻居家的房子，也属于她们家。是一幢非常大的房屋。

这里会提供早餐。所有水果都是新鲜的，老太太用水果刀一丝不苟地削着水果的皮。最后呈现在桌上的是一个非常丰富的托盘：金枪鱼鱼饼、自己做的烤得脆脆的手工面包、神户牛乳、新鲜水果、蔬菜沙拉、一杯纯黑的黑咖啡，旁边一个透明的阔口瓶里，放着一枝花园里采的鲜花。当真觉得日本主妇的精致，达到了一种近乎完美的程度，让人挑不出任何毛病来。

晚间，刚巧遇到曾经在这座房子里寄住的中国留学生，他从神户赶来探望老奶奶。他非常感谢她曾经的照顾。他们在夜色的苍茫中共同走向远处的车站，一老一少的背影在路灯青亮的照射下拉得很长。

关于日本妻子的这种完美又隐忍的准则，我觉得日剧《夫妇善哉》是一部对此刻画得非常深刻的电视剧。乍一看或许以为那是一个滥俗的艺伎和少爷的故事，可是因为她的从不放弃、不离不弃，生生演绎成了一部史诗，一个女人的壮阔、隐忍、坚强的史诗。

人生的意义有时非常难以寻找，它就在我们犹豫、拒绝的那一瞬间，就那样过去了。不过，很多事情被放弃，也必然有被放弃的理由。

新井一二三在《午后四时的啤酒》中说，一个人，除了“工作时间”和“私人时间”外，还应该有“个人时间”。对于她来说，就是一天工作完毕，午后四时和丈夫一起开啤酒的时光。或像加拿大的一些上班族那样，下班回到家后再出去运动或和孩子进行亲子活动的时光。

下班后为自己安排活动这件事，其实非常重要。我一直感觉如果没有居酒屋，日本上班族的压力可能会更大一些。

在上岛咖啡店（不是国内那家）外，微凉的风中喝一杯冰胡麻咖啡。对面是东京那种典型的、方正的浅黄色公寓楼。半阴的天空下，走过两个手拉手、穿粉红色外套的小女孩。远处，一座不知名尖塔的顶端，衬着缥缈的云。那种温润又真实的感觉，是冰凉又刻骨的。我们在人生中曾多少次风中慨叹，可是现实，还是那样无情又刺骨。

任何大城市的地铁都会让我觉得落寞。那种无数人奔赴几乎相同的生活目标的感觉，没有什么比这种感觉更让我觉得窒息了。一对上班族模样的男女嬉笑着共同等待下一班电车，看样子应该是下班后刚从居酒屋喝完小酒。他们说笑着，然后男子轻佻地拍了一下女生的屁股。

后来，两列相反方向的列车同时驶来，他们骤然分手，同时踏上这两辆相反方向的列车。

那一刻，我突然感觉无比悲凉。

人生，终究是都要散的。来易来，去易去。

有时，上班族的恋爱是如此的艰难。《深夜食堂》中喜欢打毛线的女生那一集，这种心酸也是不谋而合的。每天高压的工作之余还要考虑未来，养活自己的同时又要千娇百媚，好在一定年龄前成功地把自己嫁出去。日本女白领大都有着这样看不见的压力。高跟鞋和丝袜的摩擦间是一种苍凉的妥协。

在这个漫画、推理小说、AV 盛行的国家，人们需要很多逃避生活的借口。匆忙走过的都市人们，是真实，还是虚幻，这其实是一件非常不可知的事。

每个人我们都是看不透的，每个人也都拥有着一种别人所绝对触摸不到的人生。

我们能不能失去自己的手机

手机屏幕熄灭，我们面对的，只是一个更加苍白的自己。

如今，很多人早晨起来的第一件事，是不是打开手机，刷朋友圈？过去优雅的阳光早餐加一份报纸，是没有了，如今更像是阳光早餐加刷手机。甚至很多人是没有时间坐下来吃早餐的，更别说阳光和报纸了。

最近有一对情侣，却进行了一次“数码排毒”之旅。六个月的时间里，他们没有用手机，没有 Wi-Fi，没有随时查看社交网络的更新状态，出门没有电子地图导航，只能依靠纸质地图或问路。但结果却出奇的好，他们一反两人平时各自刷手机的状态，而是做瑜伽、享受美食、交了很多新朋友，彼此之间的真正交流也更多了。

刚在手机上看完这则新闻的我也不禁心痒。但是，现在，我们究竟有谁能享受六个月手机关机的奢侈呢？

所有人都是可被替代的。

不知从什么时候开始，我们获知朋友的近况不是来自咖啡馆小聚，而是来自各自社交媒体上的更新。从那里我们知道他们吃了什么，喝了什么，喜欢什么，某一刻的想法是怎样的，哪一天做了运动，哪一天过于放纵……在各种电子迷雾的繁华间，我们是否失去了真正的情感连接?

外媒上曾有一篇文章，说一个脸书上有七百三十八个朋友的年轻人，生日那天竟然还是独自度过。他的朋友们，热闹地在他的时间线留言，送他电子贺卡、电子宠物，为他制作视频、图片……但几乎没有一个人，想要现场为他办一次生日派对。虽然他每次发布状态，总有几十个赞、几十条评论，但是，他仍旧是孤独的。

无限变化的社交网络反映了人类普遍希望被关注的心态，没有人希望自己是无足轻重的，没有人希望自己不被挂念。

2014 年奥斯卡有一部获奖影片,《她》，讲述了一个男人和 OS 系统谈恋爱的故事。其实同种类型的电影，早年间就有《充气娃娃之恋》。只不过那时电子产品还没有如今这么无处不在地主宰我们的生活，于是当时的“孤独对象”是充气娃娃，同样是没有生命的个体。不约而同的是，两部电影的男主角都宁愿爱上机器或非人类，而不敢于向真实生活中有血有肉的人倾注情感。

一个寂寞内向的男子，蜷缩在自己的壳中，长久地被包裹着，但毕竟没有完全闭合，于是不由得向这世界伸出一只手，一只求救的手，请求帮助一个不愿意孤独的灵魂。最让人感动也最让人心酸的是他们的真诚，那种爱是真的。他们都诚挚地爱上了身边的非人类个体。与《充气娃娃之恋》不同的是，《她》的“末日乌托邦”感更强一些，和《黑镜》类似。

《她》中最让人悲哀心酸的一幕是男主角捧着手机，在旋转木马前闭着眼睛和 OS 系统跳舞的情景，如此欢快、如此陶醉。那一刻，他似乎终于找到了自己的“完美伴侣”，得到了他想要的爱情。这让看这部电影时仍不时查看手机的我们，真的感到了一种彻底的心酸。

不止于此。影片将这种悲哀推到顶点，这个 OS 系统告诉男主角，她总共有八千三百一十六位人类交往对象，并且与其中六百四十一位发生了爱情。就算在这段“人机”恋爱中，一个个体对另一个个体的“爱”也并不是纯粹的。这和我们现实中的爱情多么相似。

这部电影所描述的事情与我们的现实并非多么遥远。当下也许最了解我们的“人”真的就是自己的手机。它知道我们最常跟谁联系，我们的“常用联系人”总是摆在最前；它根据我们的搜索习惯为我们推荐新产品，诡异的准确；它知道我们的身高、体重、每天跑步几公里，并给出适当的建议；它知道我们最隐秘的事情——那些在夜深人静时写在备忘录里的字、私人视频、照片……

我们越来越不敢向人类表达自己的真实想法，对机器倒是畅所欲言。

最近还看到一则新闻，不知是不是受英剧《黑镜》启发，美国 Eterni.me 公司让用户可以通过输入一系列文字资料，比如电子邮件、聊天记录等，进行个性仿真，模拟出一个人工智能系统，让人们可以借此与已逝的亲人沟通。

这让我不禁叹一口气。人类总是不停地自己骗自己，明知道是假的、明知道是谎言，也还是愿意相信。更早些的电影《复制娇妻》诉说的也是这样一个故事。

《黑镜》里，那个失去丈夫的女人，面对根据丈夫社交网络定制的机器人，刚开始是迷恋，然后是发现，到最后，她终于明白那个“他”并不是原来的“他”。但是，她还是舍不得将他“杀死”。就这样过了几年。有一天，女儿过生日，吹完蜡烛后小女孩要求给“他”多带一块蛋糕。当听见女儿在阁楼上和机器人谈笑时，女主角在楼下几乎堕泪。

她始终接受不了丈夫已经离去的事实，回来的那个虽然明知道已经不是他，但还是不愿完全放弃。

其实，有时想想，我们真的是将自己最美好的瞬间、最真实的想法、最漂亮的照片，发布在社交网络上，并且很多人花了很多心血去悉心修图、配乐、加旁白……很多时候回看，发现或许真的只有社交网络才最了解自己。

然而，当手机屏幕熄灭时，我们面对的，却是一个更加苍白的自我。

有人的朋友圈很热闹，有人的朋友圈很冷清。在这热闹与冷清之间，不过是人类又一个渴望被陪伴的心理困惑。

这种心理困惑，早在 1818 年玛丽·雪莱的《弗兰肯斯坦》中就做了验证。同样处于一个变革的时代，玛丽·雪莱当时所处的是完成工业革命的英国，“科学”开始成为一种新的主宰。而我们此刻所处的则是越来越强大、越来越无所不能的电子时代。看来，人类害怕被取代的心理，亘古不变。

很多人看《弗兰肯斯坦》，都是看其恐怖，看其道德争议，看其科幻，但是，整部《弗兰肯斯坦》最隐含的其实是一份彻骨的寂寞。当那个张牙舞爪、狰狞恐怖的怪物渴求科学家为他制造一个伴侣时，他其实是寂寞的，那是他渴望陪伴的心理需求在本能地呐喊。

任何个体都是需要陪伴的，哪怕他是一个怪物。

我小时看《弗兰肯斯坦》本能地讨厌怪物，是因为那时我的观点是肤浅的——人类总不自觉地喜欢好看的人，嫌弃丑鄙之物。那么丑的怪物，他当然是不配拥有伴侣的。现在想来，这样的价值观多么肤浅。没有人能永远美丽。

将近两百年过去，我们和弗兰肯斯坦的怪物仍没有多少区别。当我们不停刷手机的时候，其实是越刷越寂寞。电子主宰了我们的生活，很多人没有 Wi-Fi 就会死。但或许，是时候去一个完全没有 Wi-Fi 的地方了，关掉手机，不刷朋友圈，不回邮件，不玩微博，扯掉自己身上一切无形的丝线，然后，只是放松。

相亲，一层现实的灰

无论你曾披星戴月、谈下多少项目；无论你今年已经旅行了多少个国家、在巴黎的咖啡馆听了多少场雨；无论你是否有自己的独立办公室、手下管着多少号人。他们却总是强调你人生的某种缺失。而在你看来那根本不是一种缺失而是一种自由。

年关将至，相亲市场如火如荼。

我一直觉得，相亲其实是一种无比尴尬的行为。没有什么比这种市场售卖举动更加明显的形式了吧，我觉得。像两个待价而沽的货物，就那么坐在桌子的两边，像一场吃着饭的面试。

第一次见面的两个男女，因着一种明显的目的相对而坐，那么这顿饭到底要说些什么？互相看货，互相罗列条件？

当然，也是有很多美好的、最终成功的相亲，那些不在本文讨论范围之列。

一个朋友对我说，她最快速的一次相亲经历就是在她们小区某楼道口。母亲非要让她去见一个同小区的“青年才俊”，然后她和那男生相约在中间楼层的某单元口。那男生当时买了一个杂粮煎饼，一边和她交谈一边吃着。寒冷秋风中他们于户外匆匆一瞥，然后再匆匆而别。

双方是都不满意对方的。可是我却从这故事中听出一种悲哀。在社会陈规的逼迫下，我们强迫自己将身段放得极低。太多人已经放弃了对爱情的渴望或奢求，急于寻找一片“栖息之地”。伤害的，其实还是自己，和自己的心。

我当然明白还是应该对人性抱有希望，应该给别人第二、第三次机会，不要那么快地评价人性、否定人性。但是，提到相亲，终究是意难平。

每次看影视作品中把女性刻画得过于肤浅或过于蠢，就觉得编剧是一个直男，因为就算是真的在乎房子、车子，现在也没有女生上来就问。大凡这么直白的，也都是没有段位。

经济基础诚然重要，但是品位的能否互相欣赏，也是重中之重。比如你喜欢冰滴咖啡的脆爽、手冲咖啡的纯粹、拿铁奶泡的细腻，对方偏偏只喜欢掰一片陈年普洱。这样一方只会觉得另一方装，另一方觉得对方太土。

这些虽然是表象，但也是日后生活能否和谐的深层基础。

我们大多数人都看不清自己。不是把自己想得太好，就是把自己想得太差。一些相亲的男性无论自己有多差都会觉得自身条件还不错。人性之蒙昧、之不愿意看清自己，是一件很可怕的事。

我曾经采访过一个拆二代，他一直坚称自己的择偶标准中最重要的一条就是对方一定要有北京户口。我当时真想一杯咖啡给他泼过去。一直不明白有人把户口作为择偶条件究竟是为了什么。

每天于愤然中起身，于现实中沦陷。人照了太多遍镜子，还是看不清自己。

我觉得我们还是不能低估一次相亲对人心理所产生的伤害。一次失败的相亲，会让你觉得之前建立的所有自我价值都在一个陌生人的评判下崩塌。

但是，也不要无端鄙视别人、小瞧别人。每个人，都有一场自己的盛宴。

很多人相完亲如此愤怒是因为觉得自己如此美好对方居然不懂欣赏，很多人相完亲落寞是觉得在一群肤浅、世俗的人中沉浮着自己的价值观，不值。

可是，如果永不相亲，是不是也是蜷缩在自己舒适的壳中、不愿突破自身的舒适区？

也有很多人会在相亲之前，在微信上和对方聊得热火朝天，然后见面时大失所望。

我一直不知道在完全不认识一个人的情况下，如何在微信上聊得水乳交融。因为跟你聊天的很可能就是一个大腹便便、鼻毛不剪的人，或油头粉面、以为自己是情圣的人。

不想对一个素未谋面的人投入太多精力，这难道不该是一种通识吗？

相亲举动最可怕的一点，是把“爱情”当成了一场交易。

我们之所以努力充实自己，并不是为了要被挑眼、被妥协、被不开心的。有的人，真的不好。所谓“不适合”只是一个借口。有些时候你的放手，终究是因为对方不够好。

有时我也疑惑眼光太高是不是一件终该谴责的事，或眼光太高是不是表示你没有自知之明。但人生是一个由大量直觉组成的过程。凭什么明明你不喜欢的，硬要往身边拉？一个人，如果不能引起你的喜欢和欣赏，难道仅仅因为经济条件好，走到一起吗？

我曾经说，我们每个人都被困在自我现实的牢笼。你想要的那个，永远是在远方，或根本不存在。意识到这一点后，是否就该妥协？

很多浮华，都是假的。但所谓朴实，可能也只是贫穷。这一切看穿了是一件非常没有意思的事。

相亲举动一旦形成，就在一瞬间形成一份将自我价值和一段婚姻绑在一起的莫名契约。我们所期待的美好爱情都是小说里的，在现实生活中，只是经历一次又一次的失望。

那些婚姻幸福的故事，也大多在小说中。现实生活中所有已婚人士都说自己很幸福。可你知道，这是一个报喜不报忧的时代。

女人的不甘是一种很可怕的情绪。因为所有事情细数起来无非都是如此。

你不甘，大多是因为自己过往做过的努力都白费了。可是现实是，我们经常努力也不一定会成功。你必须等待，等待，无数的等待。然后还是没有得到自己想要的。

有些人在这时会做出低于自己目标的选择，于是婚后在“附近的人”里和陌生男子诉说着自己的不甘。但是那个打开“附近的人”的男子，你又如何期待他在灵魂层次上理解你?

我曾经在做指甲的时候，看见店老板的男朋友在旁边用手机玩游戏。然后，他饿了，找她要了一点钱去楼下吃烤串。

她天天工作到晚上十点，早上七点起床，还不时要去外地进货。

我很不理解这世上的很多关系之所以维持，究竟是为着什么。是因为眼下没有更好的选择，还是因为很多女人害怕一个人。

有时，青春是一件很可悲的事。社会对于女性年龄之苛刻，暴露了社会的无力。当某个社会内核其实是空的时，就只能追捧廉价的青春。

傍晚到了。你精心装扮，匆匆出门。

我时常在想，我们于脂粉的雕琢中究竟相到的是怎样的男子，以及那个人终究值不值得。一定要找到一个崇拜你的人，将你视作公主、捧于手心。而不是一次又一次让你为了某种东西而不得不做出的改变自己的妥协的人。

无论一个女人是什么年龄、外形、种族、性格，如果走在她身边的男人不把她视作珍宝，则一切终究是没有意义的。

很多人都在吹嘘自己有什么样的房、什么样的车，灵魂却无比空虚。

每个人的人生都是有取舍的，你也不能批判号称手握几套房还天天坐公交的人。只是，强扭的瓜不甜，价值观如此不一样，如果硬要凑合，也终究是悲剧。

我突然想起电影《看得见风景的房间》。我们真正以为的爱情都是和现实中不一样的。问题是，通过相亲所构筑的，也差得太远了。

其实终究是一种不甘。人生这么短，终究还是不愿面对现实。

所有那些曾经小瞧你的人，都是你的一座巨大的精神宝库。你一次又一次证明着他们的错误。而自己的人生，也早已与他们无关。

曾经有一个男粉丝问我，为什么相亲明明是一种双方的举动，却偏要男生付款？

我说："怪不得你如今还是单身。"

事实上这一切并不是钱的问题，而是不要因为这点小钱影响女生的心情。

男生说，未见面之前，也不知道会不会喜欢她，那么凭什么要为她付出花费。

我觉得，埋下单会死吗？

当雄性传统被阉割太多，我们身处的是一个中性莫名的社会。

我在英国接触过一些比较传统的英伦绅士风的男子，就算是一顿普通的商务餐，如果对方是女性，也不忍让对方付款。在我看来也是没有必要的，因为毕竟不是约会。问及，他说："我还是秉承英国那种二十世纪五十年代绅士观的人。如果让女士付款，对于我来说，是一件回去后我会谴责自己的事。"

并不是崇洋媚外或洋为中用，而是别人好的为什么不学呢？

上文提及的拆二代也在和一个海归女相亲后大闹牛排馆，非要让女生 AA 制。最终，他终于找到了一个愿意和他在厦门宾馆为了省钱而用宾馆内电水壶煮螃蟹的女生结婚。

祝他们幸福。

面前飞起无数枯叶，在我们发狂的天空下。沉渣泛起。人生，究竟实难隽永。

躁动的女人们

一直以来，文学作品中有太多经典女性角色，一代代的我们，阅读，是否能学到些许当代智慧？

多年前我们读书的晚间，是一个太平的世界。那时人生还未展开，一切只是在书斋中做着一种强烈而深沉的准备。钟声敲响，高考铃声结束，一切，才真正进入一个我们裹挟人生的时刻。

有的时候，我们看文学作品时无法理解作品中的那些女人。不仅她们的行为是我们无法理解的，甚至她们的选择，也是如今务实的我们觉得匪夷所思的。《劳儿之劫》中的劳儿放着好好的妻子、母亲不做，非要去勾引童年好友的情人；《项链》中的马蒂尔德因为一条项链葬送了自己最好的十年；安娜·卡列尼娜则抛弃了曾经在圣彼得堡的贵妇生活，变成铁轨上的一具尸骨；包法利夫人因为一种长期的不甘而放弃小康生活，追求一种不属于自己的奢侈……她们都是抛弃了现有的优渥去选择一条看似艰险的道路。人们觉得她们“作”，但其实，一切真的只有“作”那么简单吗？

一直以来，文学作品中有太多经典女性角色，一代代的我们，阅读后是否能学到些许当代智慧？

有一种女性形象，叫小家碧玉。正如张爱玲所说，任何一个美女出嫁，世界上都少了一个皇后或名妓。小家碧玉因为其碧玉性，本身似乎就寄寓了更多可能。乔伊斯在《尤利西斯》中很好地描述了一种小家碧玉的形象——格蒂。其实这个女性形象放在当今社会仍有很多现实性。那种经济窘迫的美丽，那种小家庭出身的坚韧，那种太想取悦别人的脆弱心灵。小家碧玉有时正因为其“小家”，所以总莫名生出一种巴结的态度。“倘若福星高照，让她投生于上流社会家庭，并受到良好的教育，格蒂·麦克道维尔就会成为与本国任何贵妇相比也毫不逊色的淑女。”可是，格蒂却没有这样的命运。于是“整洁的电光蓝色宽胸罩衫是她亲手染的……她戴的那顶俏丽可人的小帽是用褐黑色麦秆粗粗编成的”，并且，为了配合帽子相衬的一条绳绒，整个下午她都在寻寻觅觅，最后终于在克勒利的夏季大甩卖上找到一条，但还是旧旧的。

格蒂身上的自卑性特别明显，以及一种太急着想取悦男权社会的内心渴望。这某种程度上也源于她的瘸腿。但是，在现代社会，这么多年过去了，就算没有身体上的残疾，很多女生其实还是有着这种不必要的自卑和想取悦他人的内心。

于是这又能谈及女性觉醒。说到女性觉醒，简·奥斯汀已经属于在她那个时代发出女性觉醒呐喊的第一个人了，可作品中还是会凸现出她对于容貌的隐痛。在《诺桑觉寺》中，她一句话里强调了多次女主角凯瑟琳有多“plain”（相貌平凡），而凯瑟琳也是出身于一个多子女之家，就像现实中的奥斯汀。可是最终，这个一切平平的凯瑟琳还是获得了美好的爱情和婚姻。奥斯汀是思索了，做了了不起的思索，可是似乎，她自己也没找到答案。《诺桑觉寺》中的凯瑟琳的成长，还是脱离不开在亨利这个男性角色的“教导”下成为完美女性的模式。这本身其实就具有一种时代局限性，即还是认为女人是需要被“教化”的，并且需要被男性教化。

来自乡村的姑娘凯瑟琳，在城市的交际场合中逐渐学会了如何成为淑女。同样主题在萧伯纳的《皮格马利翁》中也有阐述。《皮格马利翁》创作于 1912 年，《诺桑觉寺》创作于 1800 年左右，一百多年过去了，人们对于女性的观念似乎还是一点没有变化。

《诺桑觉寺》是奥斯汀主观观点较多的一部作品，内里不乏一些作者的直接评论。当时还未有恋爱经验的奥斯汀将自己对于人生的疑问和探索寄托于一个虚构出来的男性角色亨利。他懂得她，教化她，悉心从她的角度考虑一切问题。她对于美好异性的不断勾勒也幻化出日后世界上最受女性欢迎的男性角色之一——达西先生。可是，这种幻想虽然美好，但现实却灰飞烟灭。即使后世传记学家出于对奥斯汀的爱而不断强调，曾经抛弃她的那个男子实际上非常爱她，但是，经历过的人应该都明白，所有抛弃，无论以多么冠冕堂皇的理由，被包装成多么无奈、凄美、绝望的样子，其本质都是抛弃。

作家在世俗意义上的成功和在作品意义上的成功，这两者究竟能不能统一？还是这种统一其实是一种对于写作的灵魂的过分苛求？

比奥斯汀小四十一岁的夏洛蒂·勃朗特写出的《简·爱》里那段著名的言论——“你以为因为我穷、低微、不美、矮小，我就没有灵魂，没有心吗？”——曾一度被认为是女性的一种先锋性呐喊。事实上《简·爱》这部小说如今看来也可以说确实代表了一种当时社会女性观的进步。简·爱其实已经很独立。她自食其力，并敢于拒绝自己认为不正确的婚姻。比起现今社会很多女人“为结婚而结婚”或“年龄到了而结婚”，十九世纪的简·爱已经凸显出一种真正的勇敢。

现实生活中，夏洛蒂·勃朗特也确实拒绝了两次求婚。一次是她一个女友的哥哥，另一次是一位年轻的牧师。她认为他们并不是真正爱她，只是按社会习俗需要一个妻子。虽然后来三十八岁的夏洛蒂还是嫁给了一个牧师，但那一次，应该是真爱吧。

至今我走过任何沼泽地时，还是能想起《简·爱》中女主人公经过沼泽地的场景。这就够了吧，我想。对于一个作家，能够在读者心中留下如此深的印迹，她所坚持的，也算是终有了回报。

另一女作家杜拉斯也塑造了很多让人难忘的女性形象。《情人》不用说了。《劳儿之劫》中的劳儿其实也颇让人难忘。“她看到了遍地的情感，人们在这一油脂上滑倒。”有时，劳儿这个人物形象会让人想起包法利夫人或安娜·卡列尼娜。这三个女人都是已有安稳的婚姻和看上去似乎应该幸福、安分的女子，可是，她们却偏偏抛却了这种安稳，各自走上不同的躁动之路。

劳儿很多年前在故乡经历了未婚夫的抛弃。多年后她成功结婚，因为丈夫工作的原因再次回到家乡。那时她的生活已趋安稳，“漂亮房子，宽裕的生活，孩子……庄重的灰色披风，那些适合白天穿的深色连衣裙”。可是出于一种心理学暗示或救赎，当她在一次散步时看见另外一对热恋的情侣，塔佳娜和她的情人，她不知不觉地将那个男人当作当年抛弃自己的麦克·理查逊。她潜意识里一定要拆散他们，为当年的自己报仇。于是她夺走了童年好友塔佳娜的情人，几乎是以不同身份重演了自己当年的遭遇。不得不说这个故事有着很强的心理学意味。劳儿作为一个美女，一生没有遭遇什么挫折，除了当年在舞会上的那场抛弃，她的自我似乎就在那一年开始停止生长了。杜拉斯本人曾说，自己的生命在十八岁那年就停止了。而对于这部小说的女主人公劳儿，唤醒，来源于她重回故乡后的那次散步。自那天散步之后，劳儿每天都给自己进行“心理重建”。她必须通过某种程度上的复仇找到平衡。

杜拉斯是一种将虚构与现实、作品与生活的界限打破的作家。她的作品，就是她的人生。她的人生，也几乎在纸上都有记录。

《劳儿之劫》还深刻探讨了一种“偷窥欲”的病态心理。其实偷窥欲、旁观欲很多人或许都浅浅地有一些，只不过于劳儿那里就是一种极致。卡夫卡在《街边的窗户》中短短阐释了一种对于窗口的迷恋。他说窗户是在人“感到生活孤独”时可以“毫无困难”地连接外界的一种介质。后他又在《随意的凭眺》中叙述了一个自己倚在窗前观看的小片段。而对于劳儿来说，森林旅馆的那扇窗子，则是她窥视过去、审视过去、连接过去的一条重要通道。她的生命似乎直至她重回故乡后的“偷窥”，才重新找到了意义。

有时我想起杜拉斯的《情人》，觉得这是一本令人困惑而优美的书。我们被她波澜不惊的笔触带入那个1929年的亚热带越南。多雨、闷热、潮湿，一切宛如作者在我们心中置入的一个梦。于是我从此以后就很想去越南，不为别的，只为杜拉斯。

更多时候，我们阅读文学，仅仅只为了内心片刻的安宁和逃避，因为它们充满现实中难寻的美感。

有时，一本小说中的某一个细节，会让正在读书的我们刹那间心魂颤抖不已。伍尔夫在《奥兰多》中，形容一个人的头发干枯，说“干得就像椰子上端的毛须”。这句话其实在英语表达中更有力，有着汉译文所达不到之传神。同样地，还有杜拉斯《劳儿之劫》中“一条街的空寂，另一条街的曲线，一家时装店，一条笔直的林荫道的忧郁”。很多人无法理解阅读文学书籍的功用，我觉得，有时阅读就是为了这种依稀美好的刹那。这种一个瞬间、一句话就让你感动的时刻，这种毫无功利、目标的时刻，这种一个人的时刻，其实才是人生最高之升华。

包法利夫人之所以留下一身巨债后死去，都是源于她的不甘。有的时候不甘是一种好事，可以催促人奋进，但是如果愚蠢或不聪明，则一切就没有救赎了。包法利先生不懂她，于是她以一种自己的方式叛逃。她贫瘠的人生非常可怜，非但没有过上自己想要的那种生活，仅有的两次偷情也只是刹那幻觉。

现实非常不堪，这是乡村美女包法利夫人没有意识到的事，用现在的话说也许就是格局小，没见过世面。可是她内心又有一股因读文艺小说而潜藏起来的内在冲动长期没有得到满足。包法利夫人喜欢法国作家贝尔纳丹·德·圣皮埃尔写的《保罗与薇吉妮》，渴望那种爬上大树给自己摘红果的小哥哥，又喜欢盘子上画的法国国王路易十四的情妇德·拉瓦利艾尔小姐的故事，喜欢两情的缱绻和宫廷的富丽。之后，她在修道院学习的时候，又经常看常来的老小姐带的一系列文艺小说，“无非是两情缱绻，痴男怨女，晕倒在危楼的落难贵妇，沿途遭人追杀的驿站车夫，页页都有的累垮的坐骑，阴森的树林，心灵的骚动，信誓旦旦，无语凝噎，眼泪和亲吻，月下的小舟和林中的夜莺，书中男子各个勇猛如狮子，温柔如羔羊，人品世间少有，衣着考究华丽……”

说实话，每次看《包法利夫人》我都会产生一种自省，即我们读了那么多书以后，是不是会对生活已经产生了某种不切实际的幻想。包法利夫人渴望自己是公主而偏偏又不是，希冀纯粹美好的爱情而一生都没有遇到。可以说包法利夫人具有当今文艺女青年的某种通病，可是书又读得不够，一旦成长，便再也不愿重新去书里寻找答案或获得宁静。

其实，作为丈夫，包法利是爱她的，“宇宙之大，对他而言大不过她那衬裙的丝裙边”。可是他不懂她，不知她想要什么样的生活，也给不了她那样的生活。简单来说包法利夫人就是一个被各种美好幻想所架空的灵魂。她喜欢“驿车的车厢遮着蓝绸窗帘，缓缓行进在崎岖的山路上”；喜欢“趁夕阳收起余晖时，在海湾边上尽情呼吸柠檬树芳香的气息”；喜欢“夜幕下的别墅露台，只有他俩手牵手”……可是，睁开眼的现实却是一个二婚、平庸、不解风情、无聊到“像人行道那样平板”的丈夫，所以她最后崩塌，虽然总有人说她“作”，但其实不作也必然如此。

同样悲催的还有莫泊桑《项链》里的女主角。有时，为了一次出错，人有可能要付出一生的代价。很多人在看完《项链》以后都会说那个女主角是活该，要不是虚荣她本也可以过一种算得上小康的生活。可是人生不能因为有点追求就备受指责。追求更好的人生，这一点本身是没有错的。马蒂尔德的悲剧在于方法错误。

我们在文学作品中阅读这些女人。为她们哭，为她们笑，为她们扼腕叹息，也总应该深深明白，生活不是小说，人应该充分做好迎接一切失望的准备。